일뤼미나시옹

일뤼미나시옹

아르튀르 랭보
신옥근 옮김

문예출판사

초판 서문

독자에게 소개하는 이 작품집은 1873년에서 1875년 동안, 독일 전역과 영국, 벨기에를 여행하던 중에 쓰였다.

'Illuminations'이라는 말은 영어에서 온 말로서 채색 판화를 의미하며, 즉 'coloured plates'라고 할 수 있다. 이것은 랭보 씨가 자기 원고에 붙인 부제이기도 하다.

독자들도 곧 보게 될 터이지만, 이 시집은 아주 세련된 산문과 매력 있지만 의도적인 파격의 운문으로 된 짧은 작품들로 구성되어 있다. 여기에 핵심 주제는 없거나, 아니면 적어도 우리가 발견하지 못했다고 할 수 있다. 위대한 시인이 분명하다는 점에서 느끼는 기쁨, 요정극에 등장하는 그런 풍경, 근사하지만 모호한 사랑의 소묘, 문체에 관한 가장 높은 수준의 야심(이미 도달했지만), 이런 것이 여기 소개할 작품에 대해 우리가 감히 요약해서 말할 수 있는 것이다. 하나하나 자세한 감상은 독자에게 맡긴다.

시인의 삶에 대한 아주 간단한 언급 정도는 아마도 도움이 될 것이다.

아르튀르 랭보 씨는 (아르덴 지방) 샤를빌의 훌륭한 중산층 가정에서 태어났으며, 거기서 다소 반항적이지만 매우 우수한 성적으로 학창 시절을 보냈다. 열여섯 살에 이미 세상에서 가장 아름다운 시를 썼는데, 우리는 그중 몇 편의 시를 발췌해서 최근 '저주받은 시인들Les Poètes maudits'이라는 제목의 짧은 평론에 소개했다. 지금 그는 서른두 살로서, 아시아를 돌아다니며 토목 분야에 종사하고 있다. 이를테면 《파우스트*Faust*》 2부의 파우스트처럼, 메피스토펠레스의 제자이자 금발의 마르그리트를 차지한 위대한 시인의 삶을 산 뒤, 탁월한 토목 엔지니어가 되었다고 할 수 있다!

랭보가 죽었다는 소문도 여러 번 있었다. 우리는 자세한 사정을 알지 못하지만, 만약 그렇다면 아주 슬플 것이다. 아무 일도 없다면 그가 우리의 마음을 알았으면 한다. 왜냐하면 우리는 이미 그의 친구였고, 그것도 오래전부터 친구이기 때문이다.

공개되지 않은 산문과 몇몇 운문의 다른 두 개 원고도 적절한 시기에 출판될 것이다.

랭보 씨를 역시 잘 알던 포랭이 그린 새로운 초상화도

필요하다면 실을 것이다.

현재는 맨체스터에 있지만, 팡탱 라투르가 그린 멋진 그림 〈테이블 주변 사람들Coin de table〉에는 테이블에 앉아 상체만 보이는 열여섯 살의 랭보 씨 초상화가 있다.

《일뤼미나시옹*Les Illuminations*》은 이 시기보다 약간 나중에 쓰였다.

— 폴 베를렌(1886년)

차례

일러두기

1. 인명과 지명은 국립국어원의 외래어 표기법을 따랐다.
2. 원어 병기는 처음 한 번을 원칙으로 했으나 내용 이해를 돕기 위해 예외를 두기도 했다.
3. 각주는 모두 옮긴이 주다.
4. 원서에서 대문자로 표기된 곳은 진하게, 이탤릭체로 표기된 곳은 고딕으로 표기했다.

대홍수 이후

대홍수에 관한 생각이 영영 주저앉자마자,

산토끼 한 마리가 불쑥 잠두들과 살랑대는 방울꽃들 속에 멈춰, 거미줄 너머 무지개에 기도하였다.

아! 보석들은 다 숨어버렸고, — 꽃들은 벌써 활짝 바라보고 있었다.

지저분한 대로에는 정육점의 도마가 들어섰고, 판화에서처럼 저 위 층층의 바다를 향해 사람들이 작은 배들을 끌어당겼다.

피가 흘렀다, **푸른 수염** 집에, — 도살장에, — 원형경기장에, 신의 인장印章이 그곳 창문을 어슴푸레 밝혔다. 피와 젖이 흘렀다.

비버들은* 공사를 끝냈다. 북쪽 시골 바에는 "마자그랭 커피"**가 김을 뿜었다.

여전히 피 줄줄 흐르는, 유리창 많은 큰 저택에 상복 입은 아이들이 신기한 그림들을 뚫어져라 보고 있었다.

문 하나가 쾅 닫히고, 천둥번개 번쩍이며 우박 소낙비 내리는 작은 마을 광장에서, 한 아이가 팔을 마구 흔들었고, 어디서나 볼 수 있는 풍향계와 종탑의 수탉이 아이를 알아보았다.

××× 부인은 알프스산맥에 피아노를 설치했다. 대성당의 수많은 제단에서 미사와 숱한 첫영성체가 거행되었다.

카라반은 출발했다. 그리고 눈부신 스플랑디드 호텔***이 극지極地의 빙산과 극야極夜의 카오스 속에 세워졌다.

그때부터, **달**은 백리향의 사막에서 자칼이 길게 울부짖는 소리를 들었고, — 또 과수원에서 나막신 신은 목가牧歌가 투덜대는 소리도 들었다. 그런 뒤, 싹 트기 시작한 보랏빛 대수림大樹林에서 유카리스‡‡는 내게 봄이 왔다고 알렸다.

— 솟구쳐라, 연못아, — 포말泡沫이여, 갑판 위로, 나무판자들 너머로 굴러라.‡ — 검은 관의官衣와 파이프오르간이여, — 번개와 천둥이여, — 모두 솟아라, 굴러라. — 물과 슬픔이여, 솟아라, **대홍수**들을 다시 일으켜라.

왜냐하면 **대홍수**들이 사라진 이후, — 아, 보석들은 땅속 깊이 몸을 감추고, 꽃들은 피어버렸다! — 이젠 정말 권태롭다! 토기에 잉걸불 피우는 **마녀**, 이 **여왕**은 우리에게 자신이 아는 것, 또 우리가 모르는 것을 결코 이야기하려 하지 않을 테니.

F. L.
48

✢ castors. 바다삵이라고 불리는 비버는 주로 나무를 쓰러뜨리거나 죽은 나뭇가지를 이용하여 개울이나 하천에 방죽이나 움막 비슷한 주거지를 건설하는 등 하천의 생태 환경을 복원하는 엔지니어로 유명하다. 비버의 공사는 대홍수 이후의 하천 복원 공사를 의미한다.

✢✢ mazagrans. 유리잔에 담은 뜨거운 커피에 얼음, 레몬, 술 등을 넣어 마시는 아이스커피의 일종이다. 1840년 알제리 정복 당시 마자그랭 요새의 전투에서 프랑스 병사들이 포위되어 배급이 원활하지 못하자 짙은 에스프레소 대신 물 탄 커피를 마신 데서 유래했다.

✢✢✢ Splendide Hôtel. 호텔 이름 스플랑디드는 '빛나는, 눈부신, 휘황찬란한, 화려한'의 뜻이다.

✢‡ Eucharis. 칼립소 님프를 수행하는 사냥의 님프다. 율리시스에게 반해 귀국길을 막은 칼립소는 그 아들 텔레마르크에게도 마음을 빼앗기지만 텔레마르크는 유카리스와 사랑에 빠지고 이에 칼립소의 분노는 극에 달한다.

‡ roule sur le pont et par-dessus les bois. 거품이여 "le pont(다리)" 위로 그리고 복수형의 "les bois(나무들)" 너머로 굴러라는 구절의 의미는 언뜻 이해하기 힘들다. 관의와 오르간의 장례 의식을 고려할 때 "le pont"은 배의 '갑판'을 뜻하며 "les bois"는 갑판의 판자들이 부서지는 배의 난파 과정으로 볼 수 있다. 연못은 〈취한 배Le Bateau ivre〉의 23연 마지막 구절과 24연에서 볼 수 있는 난파선과 작은 웅덩이를 떠올린다.

어린 시절

I

검은 눈에 노란 머리카락의 이 우상偶像, 부모도 궁전도 없고, 멕시코와 플랑드르 신화보다 고귀하지만, 도도한 푸른빛 초록빛 그의 영지는 배 한 척 없는 파도가 그리스어, 슬라브어, 켈트어로 살벌하게 이름 붙인 여러 해변으로 이어진다.

숲 가장자리에는 — 꿈속의 꽃들이 종소리 울리고, 꽃피우며, 빛을 발하고, — 오렌지빛 입술의 아가씨, 초원에 솟아난 맑은 홍수에 무릎 포개고 담그니, 무지개와 식물, 바다가 그림자 드리우고, 지나가며, 옷을 입히는 나체.

바다 가까운 테라스에 빙글빙글 춤추는 귀부인들, 여자아이와 거녀巨女들, 녹청색 이끼를 입은 멋진 흑인 여자들, 얼음이 녹기 시작한 나무숲과 정원의 질척이는 땅에서 솟아난 보석 여인들 — 시선 속에 순례지 가득 어린 젊은 수녀원장들과 키 큰 수녀들, 술탄의 왕비들, 폭군을 닮은 거동과 복장의 왕녀들, 외국 소녀들과 살짝 불행한 여인들이 있다.

이 얼마나 권태로운가, "사랑하는 육체"와 "사랑하는 마음"의 시간이.

II

그녀다, 들장미 뒤 죽은 작은 계집아이. — 세상 하직한 젊은 어머니가 현관 낮은 계단을 내려온다. — 사촌의 사륜마차가 모래 위에서 큰 소리로 삐걱거린다. — 어린 남동생은 — (그는 인도에 있다) 저기, 석양을 마주한 채, 카네이션밭에 있다. — 노인들은 꽃무 핀 성벽 아래 묘지에 수직으로 묻혀 있고.

무리 지어 휘날리는 황금빛 나뭇잎, 장군의 집을 뒤덮는다. 그들은 남쪽에 있다. — 붉은 길을 쭉 따라가면 텅 빈 시골 여관에 이른다. 성은 팔려고 내놓았고, 덧창은 떨어져나가고 없다. — 사제는 성당 열쇠를 이미 가져가버린 모양이다. — 공원 주위, 경비의 숙소에는 아무도 살고 있지 않다. 울타리는 매우 높아 나지막이 살랑대는 그 끝만 보일 뿐이다. 하기야 그 안에 볼 것도 없다.

들판은 종탑의 수탉도, 대장간 모루도 없는 작은 촌락까지 거슬러 올라간다. 수문은 열려 있다. 오, 사거리의 십자가상과 황야의 풍차들, 섬과 건초 더미들.

마법의 꽃들이 일제히 붕붕거린다. 비탈은 그를 조용히 흔들어 재우고 있었다. 상상도 못 할 우아한 짐승들이 돌아다니고 있었다. 뜨거운 눈물의 영원*이 만든 먼바다에는 구름이 모여들고 있었다.

III

숲에는 새 한 마리, 그 새의 노래가 그대의 걸음을 멈추고, 낯을 붉히게 한다.

울리지 않는 시계가 하나 있다.

진흙 구덩이 하나에 하얀 짐승들 둥지가 하나 있다.

하강하는 대성당과 상승하는 호수가 하나 있다.

잡목림에는 버려진 마차가, 아니 리본 장식을 온통 두른 채 오솔길을 달려 내려가는 작은 마차가 하나 있다.

숲이 끝나는 가장자리 너머 길가에 언뜻 보이는, 무대 의상을 차려입은 어린 배우 무리가 있다.

마지막으로 굶주리고 목마를 때, 그대를 내쫓는 누군가가 있다.

IV

나는 테라스에서 기도하는 성자, — 온순한 짐승들이 팔레스타인의 바다까지 풀을 뜯는 것처럼.

나는 컴컴한 안락의자에 파묻힌 학자. 나뭇가지와 비가 서재의 유리창을 마구 때린다.

나는 숱한 난쟁이 숲을 지나 큰길을 따라 걷는 나그네.

수문의 소란스러운 소리가 내 발걸음 소리를 덮는다. 나는 오랫동안 지는 해의 황금빛 우울한 거품 세탁을 바라본다.

나는 어쩌면 저 먼바다로 떠나는 부두 방파제에 버려진 아이일지도, 끝이 하늘로 이어지는 가로수길을 따라가는 어린 소년일지도 모른다.

오솔길은 험하다. 작은 동산들은 금작화로 가득하다. 대기는 움직이지 않는다. 아, 정말 새와 샘은 얼마나 멀리 있는지! 한 걸음만 나아가면 세계의 끝일 수밖에 없다.

V

마침내 시멘트 선 도드라진, 하얗게 석회 칠한 이 무덤이 내게 임대되었구나 — 땅 밑 아주 멀리.

나는 책상에 팔꿈치를 괴고 있고, 램프는 바보처럼 내가 읽고 또 읽는 이 신문들, 재미없는 이 책들을 환하게 비춘다. —

내 지하 살롱 위로 어마어마한 거리를 두고 집들이 들어서고, 안개가 모여든다. 진창은 붉거나 검다. 괴물 같은 도시, 끝없는 밤!

덜 높은 곳에는 하수도가 있다. 사방 끝 간 곳에는 지구의 두께뿐. 어쩌면 푸른빛 심연들, 불구덩이들. 어쩌면 바로 여기서 위성과 혜성, 바다와 전설이 서로 만난다.

쓰라린 시간에 나는 푸른 사파이어빛 금속 공을 마음

속에 그려본다. 나는 침묵의 대가. 어째서 지하 채광창 비슷한 모양이 천장 궁륭 모퉁이서부터 창백하게 밝아오는 거지?

✢ 1872년의 〈영원L'Eternité〉, "다시 찾았다. / 무엇을? — 영원을. / 그건 태양과 / 함께 가는 바다"의 '영원'을 떠올릴 필요가 있다.

콩트

왕은 오직 이런저런 평범하기 짝이 없는 관대함을 완성하는 일에만 전념한 것이 영 마음에 들지 않았다. 그는 사랑의 놀라운 혁명을 내다보았고, 또 부인들이 천상의 것과 사치로 꾸민 저 아양보다 잘할 수 있을 거라고 여겼다. 그는 내내 진실을, 그리고 본질적인 욕망과 본질적인 만족의 시간을 알고 싶었다. 그것이 애정에 대한 절대적인 신앙을 저버리는 것이든 아니든, 그는 원했다. 적어도 그는 인간으로서 꽤 큰 권력을 소유하고 있었다.

— 그를 알던 여자는 모두 살해되었다. 아, 무참히 훼손된 미의 정원! 칼날 아래서도 여자들은 그를 찬양했다. 그는 새로운 여자를 찾지 않았다. — 여자들은 늘 다시 등장했다.

사냥이나 주연 후에, 그는 자신을 따르던 모든 이를 죽여버렸다. — 모두가 그를 계속 따랐다.

왕은 재미 삼아 값비싼 짐승의 목을 베며 즐겼다. 궁에도 불을 질렀다. 갑자기 사람들에게 달려들어 조각조각 베어버리곤 했다. — 군중, 황금 지붕, 멋진 짐승은 여전히 존재했다.

누구든 파괴에 정신 나갈 수 있지 않을까, 잔인함 덕분에 다시 젊어질 수 있지 않을까! 백성들은 찍소리도 내지 못했다. 아무도 함부로 충언조차 할 수 없었다.

어느 날 저녁 그는 의기양양 말을 타고 질주했다. 그때 **정령**이 정말 말로 다 할 수 없는, 심지어 입 밖에 낼 수도 없는 아름다운 모습으로 등장했다. 얼굴 모습과 태도에서 다양하면서 복잡한 사랑의 약속이 우러났다! 말로 표현할 수 없는 행복, 참을 수조차 없는 행복의 약속이! **왕**과 **정령**은 분명 본질적으로 건강한 상태에서 소멸해버렸다. 어떻게 이들이 건강을 위해 죽지 않을 수 있었겠는가? 그래서 함께 죽었다.

그러나 이 **왕**은 자기 궁전에서 보통의 나이에 서거했다. 왕이 **정령**이었다. **정령**이 **왕**이었다.

우리의 욕망에 어울릴 난해한 음악이 없다.

퍼레이드*

정말 건장한 괴짜들. 몇몇은 당신들**의 세계를 이용했다. 지내는 데 부족함 없고, 빛나는 자신들의 재능이나, 당신들의 생각을 자신들의 경험으로 펼치는 데 별 서두름도 없다. 정말 다 큰 녀석들 아닌가! 그런 한여름 밤의 방식으로 멍한 눈, 붉고 검은, 삼색의, 황금빛 별이 박힌 강철의 눈, 뒤틀리고 창백한, 납빛의 그을린 얼굴, 장난기 섞인 굵직한 목소리! 번쩍거리는 장식 의상의 끔찍한 걸음걸이. — 젊은 녀석 몇 있는데, — 녀석들은 어떻게 케루비노***를 바라볼까? — 무시무시한 목소리와 뭔가 위험한 능력을 갖추고 있다. 역겨운 호화 의상을 괴상하게 차려입고, 엉덩이부터 불쑥 내밀며 시내로 떠밀려 나온다.

오 격분하여 잔뜩 찌푸린 얼굴의 극도로 난폭한 **파라다이스**‡여! 당신들의 **고행승**들과도, 무대의 다른 어릿광대들과도 비교할 수 없음! 나쁜 꿈‡의 취향을 좇아 즉석에서 차려입고, 애가哀歌를 부르며, 역사도 그 어떤 종교도 결코 해내지 못했듯이 부랑배와 재치 있는 반신半神들로 구성된 비극을 연기한다. 중국인, 호텐토트인‡*, 집시,

J'AI SEUL
LA
CLEF
DE
CETTE PARADE
SAUVAGE
F.L.48.

바보, 하이에나, 몰록 신‡++, 치매 노인, 불길한 악마, 이들은 민중적, 모성적 묘기들을 짐승 같은 동작과 애정 표현에 뒤섞는다. 이들은 신작 레퍼토리와 "상냥한 아가씨" 같은 노래를 부를 것이다. 이들은 대 음유시인, 장소와 인물의 모습을 바꾸고, 최면극催眠劇도 사용한다. 두 눈은 타오르고, 피는 노래하며, 뼈는 부풀어 오르고, 눈물과 붉은 핏물 줄기 흘러내린다. 이들의 조롱이나 이들의 공포는 일 분 동안, 혹은 몇 달 내내 지속된다.

나 혼자 이 야만적인 퍼레이드의 열쇠를 가진다.

\+ Parade(파라드). 배우들이 정식 공연 전 선전을 위해 극장 길가뿐 아니라 테라스에서 시연을 벌이는 일종의 공연 퍼레이드를 의미한다.

++ vos mondes. 2인칭 복수 소유형용사 '당신들의'는 시에 등장하지 않은 관객을 암시한다.

+++ Chérubin. 보마르셰의 희극《피가로의 결혼*Le mariage de Figaro*》에 나오는 여자로 위장한 세상 물정 모르는 귀족 소년으로, 백작 부인을 짝사랑한다. 모차르트의 오페라에서 여인의 목소리로 노래하는 미소년이다.

+‡ Paradis(파라디). 파라드와 발음이 유사한 파라디(파라다이스)는 천국의 하늘을 뜻하지만, 동시에 극장 맨 꼭대기 싸구려 객석을 의미하기도 한다.

‡ 파라드에서 파라디의 객석과 하늘로 이어지는 연상 또는 상상과 더불어 분노, 한탄, 조롱, 공포의 악몽이 전개된다.

‡+ Hottentots. 서남부 아프리카의 유목 민족으로 흔히 부시먼으로 불리는 종족이다.

‡++ Molochs. 아이를 제물로 바치던 셈족의 신이다.

고대

목신牧神 판의 우아한 아들이여![+] 작은 꽃과 동그란 열매로 장식한 화관을 쓴 이마 주위로, 너의 두 눈이, 보석 구슬이 움직인다. 갈색 포도주 찌끼로 얼룩진, 너의 볼이 움푹 홀쭉해진다. 너의 이가 빛난다. 네 가슴은 키타라[++]를 닮았고, 딩딩거리는 소리는 두 팔 사이로 금발처럼 감돌며 울려 퍼진다. 너의 심장은 이중의 섹스[+++]가 잠드는 저 배 속에서 뛴다. 밤이면, 이 엉덩이를, 그리고 이 두 번째 엉덩이와 이 왼쪽 다리[+‡]를 조용히 움직여, 거닐어라.

✣ Gracieux fils de Pan. 그리스 신화에 '판의 아들'이라는 존재는 없다. 이어지는 시의 '미의 존재'처럼 미래에 새롭게 태어날 새로운 '고대'의 존재다. 포도 잎과 열매로 장식한 화관을 쓴 디오니소스를 떠올리지만, 남녀 이중의 성을 지닌 헤르마프로디토스와 겹치면서 더욱 그리스 신화와 멀다. 이 새로운 존재의 가슴은 헤르메스가 아폴론에게 선물한 키타라를 닮았고 털이 난 두 손이 가슴 사이로 키타라의 현을 현란하게 켜는 모습은 금발의 잔상 또는 환상을 불러일으킨다. 판Pan은 모든 것tout을 의미한다. 목신 판의 멋진 아들은 모든 것을 위해 태어난 존재다. 디오니소스적인 요소, 동물적인 요소 등 모든 것을 합친다. 성적인 측면에서 보면 남성과 여성을 모두 구현한 존재로서 성적 쾌락을 위해 다른 성이 필요하지 않다. 이 시는 〈H〉처럼 자위를 환기시킨다.

✣✣ cithare. 고대 그리스의 현악기로 리라와 비슷하나 좀 크다.

✣✣✣ double sexe. 헤르마프로디토스를 떠올린다. 그리스 신화에 나오는 헤르메스와 아프로디테 두 신 사이에 태어난 아들이다. 《변신 이야기*Métamorphoses*》에 따르면 본래 미남자였으나 물의 요정 살마키스와 융합하여 자웅동체의 몸이 되었다.

✣✣✣✣ 수수께끼 같은 구절이지만 이 시는 두 개의 성과 네 개의 다리를 가진 자웅동체의 몸을 위에서부터 내려가며 살펴본 것으로 볼 수 있다. 이마, 눈, 뺨, 가슴, 심장, 배, 성기, 엉덩이 그리고 마지막 왼쪽 다리에 시선이 멎는다.

미의 존재

눈 더미 앞에 키 우뚝한 **미의 존재**. 죽음의 휘파람 소리와 동심원으로 퍼지는 둔중한 음악이 이 숭배하는 육체를 유령인 듯 일으켜 세워, 몸의 형태 갖추고, 부들부들 떨게 한다. 붉고 검은 상처들이 아름다운 육체에서 터져 나온다. 생명 고유의 색채가 **비전** 주위를 맴돌며 짙어져서 춤추며 작업대 위로 퍼져 나온다. 그리고 전율은 일어나더니 으르렁거리고, 이러한 효과가 만든 광적인 맛은 세계가 우리 등 뒤 멀리서, 우리 미의 어머니를 향해 퍼붓는 죽음의 휘파람 소리와 거친 쉰 소리의 음악으로 한층 더해지네, — 그녀는 물러선다, 일어선다. 아! 우리들의 뼈는 사랑스러운 새로운 육체를 다시 입는다.

* * *

오 재가 된 얼굴이여, 머리카락과 방패 모양의 몸통이여, 수정 같은 두 팔이여! 나무와 가벼운 공기가 벌이는 접전을 뚫고 내가 정말 그 위로 몸을 던져 쓰러져야 하는 대포여!

F.L

삶들

I

오 성스러운 나라의 거대한 가로수길이여, 사원의 테라스여! 내게 **잠언**을 설파한 브라만은 어찌 되었나? 그때, 저 아래의 노파들 나는 지금도 보이네! 큰 강으로 흐르는 은빛과 태양의 시간과 내 어깨를 잡는 들녘의 손이, 후추 향 가득한 평원에 멈춰 선 우리의 어루만짐이 기억나네. — 갑작스레 붉은빛 비둘기들 비상하여 내 상념 주위로 천둥소리 울린다. — 여기에 유배된 나는 모든 문학의 드라마틱한 걸작을 공연할 무대를 하나 마련했다. 한 번도 들어본 적 없는 풍요를 당신들에게 보여줄 수도 있다. 난 이미 당신들도 발견했을지 모를 보물들의 이야기를 주의 깊게 살펴본다. 다음 이야기도 보인다! 내 지혜는 혼돈만큼이나 무시당했지. 당신들을 기다리는 놀라움에 비하면, 나의 허무란 무엇이란 말인가?

II

나는 앞서간 모든 이와 정말 다르게 평가받는 발명가이며 사랑의 열쇠 같은 것을 발견한 음악가다. 지금 나는 수수한 하늘 아래 거친 시골의 귀족으로서, 거지로 지낸 어린 시절을, 시를 쓰던 습작 시절을 또는 나막신을 신고 도착했던 때를, 여러 논쟁과 대여섯 번의 홀아비 생활을, 너무 반항적인 머리 때문에 친구들과 장단을 맞출 수 없었던 이런저런 결혼을 추억하면서 감동에 젖어보려 한다. 오랫동안 간직한 신성한 쾌활함은 그립지 않다. 이 거친 시골의 수수한 공기가 나의 끔찍한 회의주의를 적극적으로 키워주기에. 하지만 이 회의주의는 이제는 작동할 수 없기에, 게다가 나는 새로운 혼란에 몰두하기에, — 나는 정말 독하게 미친놈이 될 때까지 기다린다.

III

열두 살 때 틀어박혀 있던 다락방에서 난 세상을 알았고, 인간희극을 그림으로 그렸다. 지하 저장실에서 난 역사를 배웠다. 북쪽 지방의 어느 도시에 저녁 파티가 있을 적마다 옛 화가들이 그린 여자들을 모두 만났다. 파리의 오래된 아케이드에서 고전 학문을 배웠다. 동방 전체가 에워싼 장엄한 거처에서 난 내 무한한 작품을 완성했고 유명한 은거를 하였다. 난 내 피를 휘저었다. 내 의무에서 벗어났다. 이제 그것은 더는 생각할 필요도 없다. 사실 나는 무덤 저편에 있으며, 보수報酬+는 전혀 없다.

+ commissions. 여러 가지 뜻으로 쓰이지만, 여기서는 보수나 급료의 rétribution을 의미한다. 동방의 태양 빛이 가득한 파리의 어느 방에서 위대한 창조를 완성하고 은퇴했지만, 그에 대한 보수는 없다. 시인의 창조는 아무런 대가 없이 끝난 셈이다.

출발

충분히 보았다. 비전은 어느 하늘에나 존재했다.

충분히 가졌다. 여러 도시의 **소문**은 저녁에도, 햇살에도 그리고 언제나.

충분히 알았다. 삶이 멈춘 순간들. — 오 **소문**과 **비전**이여!

새로운 애정과 새로운 소리에 휩싸여 출발!

Depart
Assez vu
Assez lu
Assez connu
Depart
dans l'affection et les bruits neufs
F. L. 48.

왕좌

어느 화창한 아침, 정말 순한 백성들의 나라에, 위엄 있는 한 남자와 한 여자가 광장에서 외쳤다. "여러분, 나는 이 사람을 왕후로 삼고자 합니다!" "저는 왕후가 되고 싶나이다!" 여자는 웃으며 나직이 떨었다. 남자는 동지들에게 계시를 얻었다고, 끝나버린 시련이라고 말했다. 두 사람은 너무 좋아 서로 마주 보며 한참을 황홀해했다.

사실, 이들은 진홍빛 장막을 집들 위로 걸어 올린 아침 나절 내내, 그리고 종려나무 정원 쪽으로 걸어간 오후 내내 왕과 왕비였다.

어느 유일한 이성理性에게

그대의 손가락이 북을 한번 튕기면 온갖 소리 풀려나 새로운 화음이 시작된다.

그대의 한 걸음은 새로운 인간들의 소집이고 이들의 전진이다.

그대가 고개를 돌리면, 새로운 사랑! 그대가 고개를 다시 돌리면, — 새로운 사랑!

"우리가 짊어진 운명을 바꿔줘, 모든 재앙을 걸러줘. 우선 시간부터", 이 아이들은 노래한다. "이 세상 어디라도 좋아, 우리의 행운과 소원의 실체를 세워줘"라고, 그대에게 청하네.

어디로 떠나든, 언제나 변함없는 도착이여.

VOICI
LE
TEMPS
DES
ASSASSINS
F.L.
48.

도취의 아침나절

오 나의 선善이여! 오 나의 미美여! 잔인한 팡파르, 하지만 난 전혀 비틀대지 않는다! 몽환夢幻의 고문대여! 처음으로, 전대미문의 작품과 정말 기막힌 육체를 위해, 만세! 그것은 아이들의 웃음으로 시작하여, 아이들의 웃음으로 끝나리. 팡파르가 변질되어 우리가 옛날의 불협화음으로 되돌아갈지라도, 이 독은 바로 우리의 모든 혈관에 남아 있으리. 오, 지금 우리는, 진정 고문받아 마땅하네! 신이 창조한 우리 육체와 영혼이 초인이 될 거라는 약속, 그 약속만큼은 뜨겁게 다시 가다듬자! 그 약속을, 그 광기를! 우아함, 과학, 폭력을! 우리가 진정으로 순수한 우리의 사랑을 누릴 수 있도록, 선악의 나무는 어둠 속에 묻어버리고, 포악한 정직은 추방하자는 약속을 우리는 받았지. 그것은 몇몇 혐오로 시작했고 끝났는데, — 우리가 이 영원을 당장은 붙잡지 못하기에, — 그것은 지리멸렬하게 패주하는 어떤 향기로 영영 끝나버렸네.

아이들의 웃음소리, 노예들의 신중함, 처녀들의 엄격함, 이곳의 얼굴과 사물의 추악함이여, 이 밤샘+의 기억으로 다들 신성해지리라. 그것은 온갖 촌스러움으로 시작했으나, 이제 불꽃과 얼음의 천사들로 끝난다. 짧은 도취의 밤샘이여, 성스럽도다! 아, 비록 이 순간이 그대가 우리에게 억지로 씌운 가면을 위한 것에 불과할지라도. 우린 그대를 긍정한다, 방법이여! 우리는 지난밤 그대가 우리의 몇몇 시대를 찬양했음을 잊지 않는다. 우리는 이 독을 믿는다. 우리는 매일 우리의 삶 전부를 바칠 수 있다.

이제는 **아사신**[++]의 시간이다.

+ veille. 철야하다, 밤을 새우다, 밤새워 간호하다, 밤새워 경비를 서다 등을 의미하는 동사 veiller에서 파생된 명사로서 철야, 밤샘, 불침번 등으로 번역할 수 있다. 여기서 veille는 시인이 밤을 새워 몰두하는 창조적 작업을 뜻한다.

++ Assassins(아사생). 11세기 이슬람의 이스마일파로서 '산의 노인'이라 불린 하산 사바흐Hassin-Sabbah가 창시한 아사신 교단이다. 종파적인 적대자와 정적 암살로 유명하며 14세기부터는 암살자를 지칭하게 되었다. 대마초인 하시시를 복용했다고 전해지며, 하시시 복용자를 뜻하는 '아쉬생haschichin'과 발음이 유사하다.

문장들

세상이 우리의 놀란 네 개의 눈에 단 하나의 검은 숲으로, — 변함없는 두 어린아이를 위한 하나의 해변으로, — 우리의 분명한 공감을 위해 음악이 있는 한 채의 집으로 축소될 때, — 나는 그대를 찾으리라.

여기 이 세상에 외롭고, 온화하고, 멋진, 한 명의 노인만 홀로 남아 "듣도 보도 못한 호화로움"에 둘러싸여 있다면, — 나는 그대 앞에 무릎을 꿇으리라.

내가 그대의 모든 기억을 실현했고, — 그대 목에 형틀을 채울 수 있는 그런 여자라면, — 나는 그대를 숨 막혀 죽게 할 것이다.

우리가 너무 강할 때, — 누가 물러서지? 너무 즐거울 때, 누가 웃음거리로 전락하지? 우리가 정말 고약한 놈일 때, 남들이 뭘 어쩌겠어?

멋지게 차려입으시죠, 춤추세요, 웃으세요 — 나는 절대로 **사랑**을 창문 밖으로 던지지 않을 거예요.

— 나의 여성 동지, 거지 여자, 어린 괴물아! 네겐 모든 게 마찬가지지, 이 불행한 여자들과 막노동자들도, 궁핍한 내 처지도. 너의 불가능한 목소리를 가지고 우리에게 붙으라, 너의 목소리! 이 싸구려 절망의 유일한 아첨꾼.

짙은 구름 가득한 칠월의 아침. 재 냄새가 공중을 떠다니고 — 아궁이에서 진을 흘리며 불타는 나무의 향기, — 물에 잠겨 썩어가는 꽃들 — 황폐해진 산책길 — 들판을 가로지르는 운하가 만들어낸 안개비 — 장난감들과 향이 왜 벌써 안 되는 거지?

* * *

나는 종에서 종으로 밧줄을 걸었고, 창문에서 창문으로 꽃줄을, 별에서 별로 황금 사슬을 둘렀다, 그리고 나는 춤춘다.

* * *

고지대의 못에서 줄곧 수증기가 피어난다. 하얗게 지는 석양 위로 일어설 마녀는 누구인가? 곧 떨어질 보랏빛 새잎은 어떤 잎인가?

J'ai tendu des cordes
de clocher a clocher
des Guirlandes
de fenêtre
a
fenêtre
des chaines d'or
de fenêtres a fenêtres
des chaines d'or
et je
DANSE
F.L

* * *

형제애의 축제 속으로 공공 자금이 사라지는 동안, 그는 구름 속에서 장밋빛 불의 종을 울린다.

* * *

중국 묵향의 기분 좋은 냄새 짙게 풍기며 검은 가루가 내 밤샘 위로 조용히 내린다. — 나는 천장 샹들리에의 불빛을 낮추고, 침대에 뛰어들어, 어둠을 향해 몸을 돌려 그대들을 본다, 나의 딸들이여! 나의 왕비들이여!

노동자들

오, 이 따뜻한 이월의 아침! 때아닌 남풍이 갑작스레 불어와, 터무니없이 가난하던 우리의 추억을, 우리 젊은 날의 가난을 다시 들추었다.

헨리카는 지난 세기에나 입어야 했던 흰색 갈색 체크무늬 면 치마에, 리본 달린 모자, 비단 스카프를 두르고 있었다. 상복보다 더 슬펐다. 우리는 교외를 한 바퀴 돌았다. 날씨는 흐렸고, 저 남쪽의 바람은 폐허의 정원과 메마른 초원의 온갖 고약한 냄새를 몰고 왔다.

그게 나만큼 아내를 피곤하게 만들지는 않은 것 같았다. 제법 위쪽의 오솔길, 그곳에 지난달 홍수가 만들어놓은 웅덩이에, 그녀는 불쑥 아주 작은 물고기들을 나더러 보라고 가리켰다.

도시는, 연기와 방적기 소리를 끌고 아주 멀리까지 우리가 걸어온 길을 따라왔다. 오, 다른 세상이여, 하늘과 나무 그늘이 축복하는 집이여! 남쪽은 내 어린 시절의 비참했던 사건을, 여름의 절망을, 운명이 늘 내게서 떼어놓던 무시무시한 분량의 힘과 과학을 일깨우곤 했지. 아니다! 언젠가 우리 두 사람은 약혼한 고아에 지나지 않을 이 인색한 나라에서, 여름을 보내지 않으리라. 나는 굳어진 이 팔이 더는 어떤 소중한 이미지를 질질 끌고 가게 하고 싶지는 않다.

다리들

수정의 잿빛 하늘. 괴상한 다리 데생, 여기는 곧게 뻗고 저기는 불룩하고, 다른 다리는 첫 번째 다리 위로 바로 내려가거나 여러 각도로 비스듬히 내려오네. 이 그림들은 운하의 불 밝은 다른 수로에서 다시 살아나지만, 모든 다리가 아주 길고 가벼워서 돔 지붕을 얹은 강둑이 점점 낮아지고 작아진다. 이 다리들 가운데 몇몇은 여전히 낡고 작은 집들이 빽빽이 들어서 있다. 또 다른 다리들은 깃대, 신호기, 가날픈 난간들을 떠받치고 있다. 여러 단조의 화음이 교차하며 길게 이어지고, 밧줄들의 현은 제방까지 타고 오른다. 빨간 웃옷을 볼 수 있지만, 어쩌면 다른 의상과 악기도 보인다. 대중가요일까, 영주를 위한 연주회 끝부분일까, 공식적인 찬가 일부일까? 물은 잿빛이고 창백하며, 바다의 내포內浦처럼 넓다. — 하얀 한 줄기 빛, 하늘 높은 곳에서 내려와 이 연극을 지워버린다.

도시

나는 하루살이, 처음 세워질 때부터 현대적인 어떤 메트로폴리스의 큰 불만 없는 시민. 도시의 설계에서부터 가구나 집 외관에까지 알려진 취향은 모두 다 배제되었으니까. 미신에 바친 건축물의 흔적이 여기에 없다는 것에 주목할 수 있으리라. 마침내, 도덕과 언어는 가장 단순한 표현으로 축소되었다! 서로 알 필요도 없는 수백만 사람들은 정말 똑같이 교육과, 직업과 노화를 거치기 때문에, 이곳의 생애는 대륙의 주민을 대상으로 내놓은 정신나간 통계의 수치보다 확실히 몇 배나 짧다. 그리하여 똑같이, 나도 창가에 서서, 짙고 끝없는 석탄 연기 너머로 새로운 유령들이 굴러가는 것을 본다, — 우리의 숲 그림자여, 우리의 여름밤이여! — 여기의 모든 것이 내 마음을 닮았기에 내 고향이자 내 마음 전부인 나의 전원주택 앞을, 새로운 에리니에스*들이 굴러가는 것을, — 우리의 활발한 딸이자 하녀인 눈물도 없는 **죽음**의 신, 절망적인 **사랑**의 신, 거리의 진창에서 울고 있는 예쁜 **죄악**의 신이.

✣ Erynnies. 정확한 철자는 Erinyes 또는 Erinnyes. 죄를 지으면 세상 끝까지 추적하여 벌하는 세 명의 복수 여신인 증오의 메가이라Mégère, 복수의 티시포네Tisiphone, 무자비의 알렉토Alecto를 가리킨다. 이 시에서는 죽음, 사랑, 죄의 새로운 복수의 여신들로 대체했다. 아이스킬로스의 〈오레스테이아Oresteia〉 3부작에서 친딸 이피게네이아를 바다의 신에게 제물로 바친 남편 아가멤논을 정부와 함께 살해한 어머니 클리타임네스트라를 살해한 죄로 오레스테스는 복수의 여신들에게 쫓기며 광기에 빠지지만, 아테나 여신이 주재하는 재판에서 무죄 판결이 난다. 복수의 여신들은 이를 받아들이지 않지만 결국에는 오레스테스를 용서하고 세상에 복을 내리는 자비로운 정의의 여신인 에우메니데스로 숭상받게 된다.

바퀴 자국들

오른쪽으로는 여름의 새벽이 이 공원 모퉁이의 나뭇잎과 안개와 소리를 깨우고, 왼쪽 비탈로는 보랏빛 어둠 속 축축한 길을 재빨리 지나간 수천의 바퀴 자국이 나 있다. 요정들의 행렬. 정말이다. 금칠한 목제 동물, 기둥과 알록달록한 천막을 싣고, 스무 마리 서커스 얼룩말이 전속력으로 끄는 마차들, 그리고 가장 놀라운 짐승들 위에 올라탄 아이들과 어른들, — 도시 근교에서 전원극을 공연하려 치장한 아이들로 가득한, 아주 옛날 또는 이야기 속의 사륜마차처럼 숱한 깃발과 꽃으로 장식한 스무 대의 돋을새김 마차, — 심지어 흑단 깃털 장식을 세운 어둠의 천막 덮개 아래에 놓여, 푸르고 검은 굉장한 암말들의 속보를 뒤따르는 관棺들의 행렬도.

Le pauvre Songe

PEUT-être un soir
m'attend
où je boirai tranquille

F.L

도시들 [II]

도시들이다! 주민이다! 꿈속의 이 앨러게니산맥과 저 레바논산맥이 솟아난 것은 이곳 주민을 위한 것! 보이지 않는 철로에 도르래로 움직이는 수정과 나무로 만든 산장들. 거대한 동상과 구리 종려나무로 둘러싸인 오래된 분화구는 아름다운 멜로디로 포효한다. 산장 뒤에 걸려 있는 수로를 따라 사랑의 축제가 울린다. 차임벨들 소리가 이 마을 저 마을 사냥하듯 이어지며 여러 협곡에 메아리친다. 거인 가수 시인 조합들*이 무리로 몰려와 산 정상에서 빛나는 빛처럼 번쩍번쩍한 화려한 옷과 깃발에 휩싸인 채 달려간다. 깊은 구렁 속의 넓은 들판에는 롤랑**의 무리가 뿔피리로 자신들의 용맹을 알린다. 심연을 가로지르는 구름다리와 시골 여관의 지붕 위에는 하늘의 불길이 온갖 깃발이 되어 깃대를 장식한다. 무너지는 클라이맥스는 고지대의 들판과 만나고, 그 들판에 세라핀 같은 켄타우로스 암컷 무리가 눈사태 사이를 헤집고 돌아다닌다. 가장 높은 고도의 산 능선 위로, 바다는 비너스의 영원한 탄생으로 거칠고, 오르페옹의 브라스밴드의 선단船團이 들어서더니 진귀한 진주와 소라고둥들이 일제히 울리는데,

— 그 바다는 때때로 죽음의 광채로 어두워진다. 산비탈에 여기저기 쌓여 있는 큰 꽃의 무리가 우리의 무기와 술잔처럼 요란스러운 소리를 낸다. 적갈색과 오팔빛 드레스를 입은 요정의 여왕 맵의 긴 행렬이 여기저기 협곡을 지나 올라온다. 저기 높은 곳 폭포와 가시덤불에 발 담근 수사슴들이 디아나 여신의 젖을 빤다. 교외의 **바쿠스 무녀**들이 흐느껴 울고 달은 붉게 타오르며 울부짖는다. 비너스는 대장장이와 은자들의 동굴로 들어가버린다. 종탑이 무리지어 민중의 생각을 노래한다. 유골로 쌓은 여러 성에서는 알 수 없는 음악이 흘러나온다. 온갖 전설이 휘몰아치고, 온갖 격정이 마을을 덮친다. 폭풍의 파라다이스가 무너진다. 야만인들은 쉬지도 않고 밤의 축제를 춤춘다. 한 시간도 못 되어 나는, 무장 단체들이 두터운 산들바람을 맞으며 새로운 노동의 기쁨을 노래하던 바그다드 거리의 소요 속으로 내려가 이곳저곳 들쑤시고 다녔는데, 이전에 우리가 분명 함께 마주했던 산山의 전설적인 유령들만큼은 피할 수가 없었다.

어떤 훌륭한 손이, 어떤 멋진 시간이 이 고장을 내게 되돌려줄까, 내 꿈과 내 최소한의 움직임은 거기서 생겨나는데?

✣ Des corporations de chanteurs géants. 14세기에서 16세기까지 중세 독일의 직업적인 음유시인들(Meistersinger / Maîtres Chanteurs) 조합을 가리킨다.

✣✣ Rollands. 중세 최고의 무훈시 《롤랑의 노래*La Chanson de Roland*》에 관한 것이다. 8세기 무렵 샤를마뉴 대제의 조카인 롤랑과 그의 군대는 피레네산맥 롱스보Roncevaux에서 뿔피리로 원군을 부르지 않고 독자적으로 용감하게 사라센군과 싸워 거의 전멸 상태에 이르는 마지막 순간에야 피리를 불었다.

방랑자들

가련한 형제여! 얼마나 숱한 밤을 내 그로 인해 지새웠던가! "내가 그 계획을 열심히 검토하지 않았다고. 자신이 마음이 약한 것을 가지고 놀았다고. 내 잘못으로 우리가 유배 상태로, 노예 상태로 돌아가고 말 거라고."+ 그는 나에게 불운과 아주 이상한 순진함이 있다고 생각하는 듯했고, 걱정스러운 여러 이유도 덧붙이곤 했다.

나는 이 악마 같은 박사에게 냉소로 답하며, 결국 창가로 향하곤 했다. 나는 희귀한 음악 밴드 악단이 떠 모양으로 무리 지어 가로지르는 들판 너머로, 미래의 사치스러운 밤의 유령들을 창조하였다.

약간이나마 위생적인 이런 심심풀이 장난이 끝나면, 짚 매트에 널브러지곤 했다. 그리고, 거의 매일 밤 내가 잠들자마자, 불쌍한 친구는 썩은 입에, 두 눈 뽑힌 얼굴로 일어나서는, — 꿈에서 본 자기 모습 그대로다! — 나를 방으로 끌고 가더니 바보 같은 슬픈 꿈 이야기로 울부짖곤 했다.

나는 정말이지, 진심을 다해, 그를 태양의 아들 그 최초의 상태로 되돌리겠다고 오래전 맹세했다, — 그리하여 우리가 동굴의 포도주와 길가의 비스킷으로 주린 배를 때우며 떠돌아다녔어도, 나는 장소와 문구文句[++]를 찾느라 바빴다.

[+] 비록 인용부호를 부쳤지만, 인용부호도 접속사que도 없는 자유로운 간접화법인 자유간접화법으로서 인칭과 시제의 혼란을 불러일으킨다. 직접화법으로 번역하면, "너는 이 계획을 열심히 검토하지 않는구나. 내가 마음이 약한 것을 가지고 놀았어. 네가 잘못하여 우리가 유배 상태로, 노예 상태로 돌아가고 말 거야"로 번역할 수 있다. 여기서는 간접화법으로 번역했다.

[++] le lieu et la formule. 《일뤼미나시옹》의 작품들이 어디에 위치하는지 시의 장소와 그에 알맞은 표현을 찾아 애쓰는 시인의 고민을 의미하지만, 이에 대한 해석은 관점에 따라 천차만별이다.

도시들 [I]

공식적인 아크로폴리스는 현대적 야만이라 할, 가장 거대한 규모의 관념을 뛰어넘는다. 요지부동의 회색 하늘이 빚은 뿌연 햇살, 석조 건축물의 위압적인 찬란함, 땅 위의 영원한 눈雪은 표현 불가능. 사람들은 거대함에 대한 특이한 취향으로 건축의 모든 그리스 로마의 고전적 감동을 재현해냈다. 나는 햄프턴 코트*보다 스무 배나 광활한 방에서 회화 전시를 관람한다. 정말 대단한 그림! 노르웨이의 어느 느부갓네살** 왕은 궁정 대신들을 위해 계단 건설을 명했는데, 나는 왕의 부하들도 볼 수 있었다. 이들은 이미 인도 브라마***보다 자부심이 크다. 그리고 거상巨像 관리인과 건물 관리자들을 보고서 나는 전율했다. 작은 광장을 빙 둘러싸고 사각형으로 연결된 일련의 건물에 들어서면, 안뜰과 테라스 쪽 문들은 이미 굳게 닫혔고, 마차의 마부들은 쫓겨나 아무도 없었다. 공원은 최고의 예술로 작업한 원시 자연을 재현한다. 위쪽 구역은 설명할 수 없는 부분이 정말 많다. 바다로 향한 긴 강은, 배 한 척 없는데, 샹들리에 거인들 늘어선 양 강둑 사이로 흐르며 푸른 싸락눈 덮인 수면을 굴린다. 짧은 다리 하나

F. L. 49.

를 건너면, 성스러운 예배당, 생트샤펠 돔 아래의 지하도로 곧장 이어진다. 이 돔은 정말 예술이라 할 수 있는 강철 골조로 지름이 약 만 오천 피트나 된다.

구리로 된 육교, 플랫폼, 대형 홀 그리고 기둥을 감싸며 올라가는 계단의 어느 지점에 서면, 나는 도시 안쪽의 깊이를 가늠할 수 있으리라 분명 생각했다. 그러나 그것은 나로서도 알 수 없는 놀라운 것이었다. 아크로폴리스 위 또는 아래의 다른 지역들은 도대체 몇 층이나 될까? 우리 시대의 이방인으로서는 짐작조차 불가능하다. 상업 지역은 단일 양식의 원형 광장인데, 아케이드로 된 몇몇 갤러리 거리가 방사형으로 펼쳐진다. 상점은 전혀 보이지 않는다. 그러나 차도의 눈雪은 짓밟혀 있다. 런던의 일요일 아침에 산책하는 사람들만큼 드물지만, 인도에서 돈을 번 유럽 대부호 몇몇이 다이아몬드 마차를 타러 간다. 레드 벨벳으로 된 긴 소파가 몇 개 있고, 극지방의 음료를 주는데 가격이 800루피에서 8,000루피까지 다양하다. 이 원형 광장에서 행여 극장이라도 찾을 생각이냐고 묻는다면, 상점들이 충분히 어두운 비극을 분명 간직하고 있을 거라고 내심 답하리라. 경찰이 있을 것도 같지만, 법이 정말 이상해서 여기서는 법을 무시하는 모험가가 될 생각은 아예 하지 않는다.

아름다운 파리 거리 못지않게 우아한 변두리는 빛으로 충만한 대기의 혜택을 받고 있다. 민주파 소속도 수백 명 된다. 여기서도 집들은 다닥다닥 연이어 붙어 있지 않다. 변두리는 묘하게도 들판에서 사라져간다. 들판은 영원한 서방西方을 향해 어마어마한 숲과 플랜테이션으로 가득 메우는 백작령 지방 "카운티"로서, 야만인 귀족들이 인공으로 만든 조명 아래 자신들의 연대기를 사냥한다.

+ Hampton-Court. 16~17세기 런던 근처의 옛 왕궁이지만 거대하지도 회화 박물관도 없다. 궁전의 면모를 지닌 대형 건물을 암시한다.

++ Nabuchodonosor. 구약의 바빌론 왕으로 대규모 공사로 유명하다.

+++ Brahmas. 힌두교 창조의 신으로 비슈누(Vishnu, 유지의 신), 시바(Shiva, 파괴의 신)와 함께 힌두교 삼신의 하나다.

밤샘들

I

그것은 침대나 초원의, 열기도 울적함도 없는, 밝은 곳의 휴식이다.

그것은 강렬하지도 연약하지도 않은 친구. 친구다.

그것은 고통을 주지도 받지도 않는 사랑하는 여인. 사랑하는 여인이다.

전혀 구하지도 않는 공기와 세상. 삶이다.

— 그래서 그게 그거였나?

— 그런데 꿈은 더 강하게 불어온다.

II

조명은 중앙의 나무 기둥으로 되돌아온다. 관람석의 양쪽 끝, 그저 그런 장식이지만, 조화로운 건설이 한데 어우러진다. 밤을 새우는 이의 맞은편 높은 벽은 잘 재단한 천장의 가로막, 공중의 현수막들, 지질학적 돌발 사고의 단층들로 이루어진 심리적 연속물이다. — 온갖 외모 아래 온갖 성격의 존재들과 더불어 여러 감정 집단의 강렬하고도 빠른 꿈.

III

밤샘의 램프와 카펫이, 이 밤에, 배의 동체를 따라, 삼등칸 선실을 둘러싸고 파도 소리를 낸다.

이 밤샘의 바다는, 아멜리[+]의 가슴 같고.

중간 높이까지, 하얀 레이스 수놓은 에메랄드 빛깔 잡목림의 타피스리, 밤샘의 멧비둘기들이 그리로 날아든다.

. . . .

불 꺼진 시커먼 화덕의 열판, 모래사장에 뜨는 실제 태양. 아! 마법의 우물, 지금으로서는, 여명의 유일한 풍경.

+ Amélie. 〈밤샘들〉 I의 "사랑하는 여인" aimée의 철자 바꾸기라 할 수 있다.

신비

경사진 비탈의 강철과 에메랄드빛 초지에 천사들이 양모 드레스를 굴린다.

불꽃의 초원은 순식간에 야산 꼭대기까지 덮친다. 왼쪽에는 능선의 부엽토가 온갖 살육과 전투로 짓밟혀 다져지고, 모든 재앙의 소리가 파장波長을 그리며 길게 이어진다. 오른쪽 능선 뒤로는 동방東方과 진보의 선.

그리고 그림 위 그림틀 밴드에서 바다의 소라고둥과 인간의 밤이 소용돌이치고 날뛰며 소리로 생성되는 동안,

별과 하늘과 나머지 것들로 꽃핀 감미로움이 비탈 맞은편으로, 어떤 바구니처럼, — 우리의 얼굴에 닿을 듯 내려오더니, 저 아래 꽃향기 가득한 푸른 심연을 만든다.

새벽

나는 여름의 새벽을 껴안았다.

궁전 높은 곳에는 아직 아무런 움직임이 없다. 물은 죽은 듯했다. 어둠의 진영은 숲속 길을 떠나지 못하고 있었다. 나는 걸었다, 생기와 온기가 깃든 숨결 깨우며, 그러자 보석들이 쳐다보았고, 날개들이 소리 없이 일어났다.

첫 번째 시도는 선선하고 희미한 빛이 벌써 가득한 오솔길에서 내게 자기 이름을 말하는 꽃 한 송이였다.

나는 전나무 숲 너머에 머리를 풀어 헤친 금발의 폭포에게 미소 지었다. 은빛으로 빛나는 꼭대기에서 나는 여신을 알아보았다.

그리고 베일을 하나씩, 하나씩 들추었다. 가로수길에서는 양팔을 마구 흔들었다. 들판을 가로지르며, 수탉에게 여신이 왔다고 고해바쳤다. 대도시에서 여신은 종탑과 돔 지붕 사이로 달아났고, 나는 대리석의 강둑을 거지마냥 달리며 여신을 쫓았다.

도로 저 위, 월계수 숲 근처에서, 나는 겹겹이 쌓은 베일로 그녀를 감싸 안았고, 그 거대한 육체를 어렴풋이 느꼈다. 새벽과 아이는 숲 아래에 쓰러졌다.

깨어나니 정오였다.

꽃들

황금빛 계단에 앉아, — 비단 리본, 회색 베일, 초록 비로드 그리고 태양에 그을린 청동처럼 까만 수정 원반들 가운데 — 나는 디기탈리스*가 은, 눈동자, 머리카락을 세공한 카펫 위에 나 있는 것을 본다.

마노에 뿌린 노란 금화, 에메랄드 돔을 받치는 마호가니 기둥, 하얀 새틴의 꽃다발과 가느다란 루비 막대가 물의 장미를 감싼다.

거대한 푸른빛 눈目과 눈雪의 형상을 한 신神처럼, 바다와 하늘이 젊고 강한 장미 무리를 대리석 테라스로 끌어당긴다.

* digitale. 온몸에 털이 있는 여러해살이풀로 붉은빛을 띤 자색의 꽃이 핀다.

F.L

일반 서민의 녹턴*

한 줄기 바람이 칸막이 사이 오페라의 틈을 열고, — 벌레 먹은 지붕을 선회하여 뿌옇게 만들고, — 벽난로의 경계를 산산이 흩뜨리더니, — 유리창을 가린다. — 포도밭을 따라, 가고일 배수관에 발을 걸치고, — 나는 볼록한 유리창, 둥그렇게 부푼 차체와 빙 두른 소파가 어느 시대인지 충분히 가리키는 마차로 내려갔다. — 외딴곳에 고립된 내 잠 속의 영구마차, 내 어리석음의 목동의 집인, 이 마차는 지워진 대로의 잔디에서 선회하고 있었고, 또 오른쪽 유리창이 끝나는 곳에는 창백한 달의 형상, 나뭇잎, 젖가슴이 빙글빙글 회전한다.

— 아주 짙은 초록색과 파란색이 영상을 뒤덮는다. 점처럼 박힌 자갈 주위에 말을 마차에서 풀어놓기.

— 여기서, 폭풍우를, 소돔을 — 솔림**을, — 사나운 짐승과 군대를 부르기 위해, 누군가 휘파람을 불까,

— (꿈속의 마부와 짐승들이 가장 기겁할 대수림 속으로 다시 질주하여, 비단 샘물에 두 눈까지 잠기도록 나를 처박아버릴까).

— 그리고 찰랑거리는 파도와 쏟아진 술에 이리저리

쓸리며 매 맞는 우리를 보내어, 불도그들 짖는 소리 위로 굴러가게 할까……

— 한 줄기 바람이 벽난로의 경계를 산산이 흩뜨리네.

✢ Noturne vulgaire. 이 시의 '녹턴'은 야상곡과는 거리가 멀다. 그보다 밤에 생겨난 그 무엇으로서, 벽난로의 불빛을 보고 일반적으로 구경하기 힘든 오페라의 정경을 꿈꾸는 돈도 교양도 아무것도 가진 것 없는 서민들, 하층민들, 대다수 대중이 즐길 수밖에 없는 상상, 환각, 몽환의 야경화夜景畵 또는 야간 공연을 암시한다.

✢✢ Solymes. 예루살렘의 옛 이름이다.

바다 풍경

은과 구리의 전차 —
강철과 은의 뱃머리 —
물거품 가르며, —
가시덤불을 뿌리째 걷어낸다.
황무지의 물결과
썰물의 거대한 바퀴 자국이
크게 선회하며 나아간다, 동쪽을 향해,
숲의 기둥들을 향해, —
부두 방파제의 통나무 지주支柱를 향해,
그 모서리에 빛의 소용돌이
마구 부딪친다.

겨울 축제

폭포 소리는 오페라 코미크 무대의 오두막집 뒤에서 들린다. 회전하는 폭죽 다발이 과수원과 메앙드르강[+] 비슷한 구불구불한 오솔길에서, — 석양의 초록색과 붉은색을 이어간다. 제1제정 시대 머리 모양을 한 호라티우스의 님프들, — 시베리아 롱드의 원무圓舞, 부셰[++] 그림 속 중국 여인들. —

[+] Méandre. 소문자의 일반명사로도 꾸불꾸불한 강을 뜻하지만, 《변신 이야기》에 나오는 소아시아의 강을 가리킨다.

[++] Boucher, François Boucher(1703~1770). 18세기 프랑스 최고의 궁정화가이자 궁정 풍속, 신화, 초상화 등 관능적인 로코코 양식을 대표하는 화가로서 특히 중국풍 이국 취향 창시자로 유명하다. 또한 장 모네Jean Monnet가 1752년 생로랑 장터Foire Saint-Laurent에 세운 오페라 코미크 극장의 천장 그림을 비롯한 실내 장식을 맡았다.

Estelle aimée

Est'elle aimée aux premières
heures bleues se
detruira't elle comme les fleurs fanes
Devant la splendide
étendue où l'on
sent souffler la
ville énormément
florissante.

C'est trop beau
C'est trop beau
Mais c'est nécessaire

POUR LA PÊCHEUSE
ET POUR LA CHANSON
DU CORSAIRE

Et aussi puisque les derniers masques
crurent

ENCORE AUX
FÊTES DE
NUIT SUR
LA MER
PURE

F.L

불안

과연 그게 가능할까, 내내 무너졌던 야망을 **그녀**로 인해 내가 너그럽게 용서한다는 것이, — 잘 먹고 잘사는 결말이 지난날 가난의 세월을 배상한다는 것이, — 어느 날 성공하여 치명적인 미숙함의 치욕을 깔고 누워서도 우리가 편히 잠잘 수 있다는 것이,

(오 종려나무여! 다이아몬드여! — 어떤 식이든, 어디서든 — 모든 기쁨과 영광보다 더 고귀한! — 사랑이여, 힘이여! — 악마든, 신이든 — 나라는, 이 존재의 청춘이여!)

과연 과학적 요정극의 효과와 사회적 형제애의 운동이 원초적 순수의 점진적 회복으로 사랑받는다는 것이?……

하지만 우리를 온순하게 만드는 **여자 흡혈귀**는 자신이 남긴 걸로 즐겁게 놀라고, 그게 아니라면 더 우스꽝스러운 괴짜가 되라고 명령한다.

진저리나는 바람과 바다를 뚫고 상처 속에서, 살인적인 파도와 대기의 침묵을 뚫고 고통 속에서, 잔인하게 너울대는 침묵에 싸여 즐거이 웃는 형벌 속에서 굴러갈 것.

메트로폴리탱*

인디고블루** 해협에서 오시안***의 바다까지, 적포도주의 하늘에 씻긴 장밋빛 오렌지빛 모래사장에 수정의 거리가 방금 솟아올라 교차하더니, 가난한 젊은 가족들이 곧바로 들어와 살며 과일 가게에서 배를 채운다. 풍요로운 것은 없다. — 도시다!

검은 타르의 사막에서 혼비백산 달아나는 것은, 휘며 물러나고 하강하면서 상중喪中 **대양**이 만들 수 있는 가장 침울한 검은 증기로 된 하늘에, 무시무시한 대열로 정렬한 겹겹의 안개층과 더불어 투구, 바퀴, 배, 말 엉덩이다. — 전투다!

고개 들고 보라. 이 방주의 갑판은, 활처럼 휘었네, 사마리아의 마지막 텃밭이 보이네. 추운 밤이 채찍질하는 등불 아래의 저 붉은 가면들. 저 강 하류에는 시끌벅적한 드레스 입은 바보 같은 물의 요정 온딘. 저 멀리 완두콩밭을 배경으로 번쩍번쩍 빛나는 대머리들. — 그리고 그 외의 다른 환영들 — 들판이다.

길가의 가지런한 작은 숲을 겨우 간직한 철책과 벽으로 수놓은 도로들, 심장‡이니 자매니 하며 부르는 끔찍

F. L

한 이름의 꽃들, 기나긴 영별의 길로 인도하는 다마스쿠스[‡], — 라인강 너머, 일본, 과라니[‡+]에 위치한, 여전히 그리스 로마 고대인들 음악의 주제가 되기에 더할 나위 없는 선계의 귀족적인 유토피아 식민지[‡++] — 그리고 이제는 영원히 열리지 않는 시골 여관이 있고, — 왕녀들도 여럿 있으니, 네가 너무 녹초가 아니라면, 천체 연구다 — 하늘이다.

그녀와 함께 눈雪의 광채, 초록 입술, 빙산, 검은 깃발과 푸른 빛줄기, 그리고 극지방 태양의 자줏빛 향기에 싸여 당신들이 치열하게 싸웠던 아침이야말로, — 너의 힘이다.

Métropolitain. 1863년에 세워진 'Metropolitan Railway'(오늘날 런던 지하철)라는 런던의 첫 지하철의 세계를 가리키기보다, métro(mère) + polis(ville)의 '母-都市(ville-mère)', 즉 주요 거점 도시를 가리키는 Métropolis의 형용사형으로서 신세계의 메트로폴리스를 암시한다.

indigo. 푸른색 또는 쪽빛 염료이지만 인디고는 Inde, 즉 인도를 암시하는 말장난이다.

Ossian. 오시안은 3세기 스코틀랜드 켈트족의 전설적인 음유시인이지만, 동시에 대양을 뜻하는 오세앙Océan의 말장난을 떠올린다.

cœurs. 꽃 이름에 cœur(심장)이 들어간 꽃들로서, 가령 버찌의 일종인 cœur-de-pigeon을 예로 들 수 있다. 새로운 메트로폴리스의 풍경에서 볼 수 있는 이들 꽃은 성심sacré cœur의 cœurs와 이어지는 sœur(자매, 수녀)와 함께 화자의 종교적 반감과 강박을 상기시킨다.

Damas. 사도 바오로를 암시한다. 바오로는 시리아의 다마스쿠스로 가는 사막에서 빛으로 출현한 신을 만나 잠시 시력을 잃고 난 뒤, 기독교로 개종하고 하느님의 명에 따라 10년 동안 아라비아까지 이교도의 땅을 돌며 기독교를 알렸다.

Guaranies. 남미 브라질, 파라과이, 아르헨티나의 과라니 인디언 종족을 가리킨다. 17~18세기 예수회 신부들이 과라니족의 지역에 지방 관습과 종교적 계율을 결합하여 사회주의적 신권정치神權政治에 기반을 둔 유토피아를 세웠다. 농업 경제를 기반으로 하며 집과 농기구는 가족 소유이지만, 노동의 의무와 공동 창고 개념을 내세웠다. 18세기에 교황들이 황금에 대한 욕심으로 예수회 신부들에게 압력을 가했고 결국 과라니족 인디언들은 쫓겨났고 식민지 체계는 붕괴했다.

possessions. 일반적으로 '소유', '소유 재산'을 뜻하지만, 여기서는 식민지를 가리킨다.

야만

바로 여러 날과 계절, 여러 사람과 나라를 지나친 뒤에도,

북극의 바다와 꽃이 빚어낸 비단 위에 피 흘리는 고깃덩이의 깃발, (그런 꽃은 존재하지 않는다.)

해묵은 영웅심의 팡파르에 다시 휩싸여 — 여전히 그 소리는 우리의 가슴과 머리를 마구 때리는데 — 옛날의 아사신들에게서 멀리 떨어져 —

오! 북극의 바다와 꽃이 빚어낸 비단 위에 피 흘리는 고깃덩이의 깃발, (그런 꽃은 존재하지 않는다)

감미로움이여!

불덩이들, 서리의 돌풍 속에 비처럼 쏟아지는데, — **감미로움**이여! — 우리를 위해 영원히 타버려 탄화炭化된 저 대지의 심장이 토해낸 다이아몬드 비바람 속의 불길. — 오 세계여! —

(세상 사람들이 듣고, 느끼는, 해묵은 은거와 해묵은 불꽃에서 멀리 떨어져,)

불덩이들과 거품. 음악은, 심연의 소용돌이, 천체를 향한 얼음덩이의 충돌.

오 **감미로움**이여, 오 세계여, 오 음악이여! 그리고 거기, 형체와 땀과 머리카락과 눈동자들, 부유하는데. 하얀 눈물이, 뜨겁게 끓어오르고, — 오 감미로움! — 그리고 북극의 화산과 동굴의 바닥에 도달하는 여성의 목소리.

깃발은……

곶

금빛 새벽과 지축을 흔드는 저녁나절이 마침내 찾아낸 우리의 작은 범선은 에페이로스와 펠로폰네소스반도만큼, 또는 일본의 큰 섬만큼, 아니면 아라비아반도만큼 광활한 곶을 구성하는 저 빌라와 부속 건물들 앞 바다에 널찍하게 자리 잡고 있다! 귀환하는 제전祭典 사절단의 배행렬*이 밝게 비추는 고대 신전들, 현대적 해안 방어 시설의 어마어마한 광경들. 정열의 꽃과 바쿠스 축제의 광란을 삽화처럼 그려놓은 모래 언덕. 카르타고의 거대한 수로와 물이 탁한 어느 베네치아의 강둑길. 에트나 화산의 희미한 폭발, 그리고 빙하의 꽃과 물이 만든 크레바스. 독일 포플러로 둘러싸인 빨래터. 일본 나무들이 머리 꼭대기를 숙이는 이상한 공원의 비탈. 그리고 스카버러 아니면 브루클린의 "로열" 호텔 또는 "그랜드" 호텔의 출입구 정면. 철도가 호텔 가까이에 이른 뒤, 땅속으로 꺼지더니 불쑥 위로 다시 나오고, 호텔의 건물 배치는 이탈리아, 아메리카, 아시아에서 가장 우아하고 가장 거대한 건축물의 역사를 고려해 선택했다. 지금은 눈부신 조명, 마실 것들, 고급스러운 산들바람 가득한 호텔의 창과 테라스가

F.L

여행객과 귀족들의 마음을 향해 열려 있어, — 이들이 낮 동안에는, 모든 연안의 온갖 타란텔라⁺⁺ 춤으로 — 심지어 예술로 유명한 모든 골짜기의 리토르넬로⁺⁺⁺로, 팔레 프로몽투아르⁺‡의 정면을 완벽하게 장식한다.

⁺ théories. 도시 이름을 내걸고 신에게 제물을 바치거나 신탁을 구하기 위해 파견하는 고대 그리스의 사절단 행렬을 가리킨다. 아테나의 경우는 바다를 통해 델로스섬에 사절단을 보낸다.

⁺⁺ tarentelles. 이탈리아 남부 연안의 타란토Trente 시의 지명에서 유래한 이 지역의 빠른 삼박자 민속춤이다.

⁺⁺⁺ ritournelles. 반복되는 후렴구다.

⁺‡ Palais-Promontoire. '궁궐-곶'이라는 호텔의 이름이다.

무대들

지난날의 연극은 화합은 추구하지만, 목가牧歌들은 나눈다. 장터 간이 무대가 들어선 큰길.

무식한 군중들이 잎 떨어진 나무 아래 어슬렁거리는 자갈밭, 그 끝에서 더 끝까지 긴 목조 잔교棧橋 하나.

램프와 나뭇잎 소리에 맞추어 걸어가는 사람들의 걸음을 따라, 검은 베일이 처진 복도에,

신비극神祕劇의 새들은 관객들의 보트로 뒤덮인 군도群島에 떠밀리는 벽돌 부교 위로 날아든다.

플루트와 북소리 동반한 오페라 무대들이 현대 클럽의 살롱 또는 고대 동방의 홀 주위로, 천장 아래 마련된 작은 방들에서 사람들에게 몸을 숙여 예를 표한다.

요정극은 잡목림이 빙 둘러싼 계단식 원형 극장의 가장 높은 곳에서 연습하거나, — 또는 경작지 능선 위에 움직이는 대수림 아래 그늘에서, 보이오티아 사람들+을 위해 분주히 돌아다니며 큰 소리로 조바꿈 연습을 한다.

오페라 코미크 극장은 관람석과 조명 사이에 세워진 열 개 칸막이 방과 교차하게 되는 무대를 기준으로 크게 나뉜다.

⁜ Béotiens. 보이오티아 사람들은 그리스 지방의 사람이지만 야만인들처럼 무지한 사람들이다.

역사적인 저녁

어느 날 저녁, 이를테면 순진한 관광객이 우리 모두의 경제적 공포에서 저만치 물러선 저녁, 거장의 손은 초원의 클라브생*에 혼을 불어넣고, 왕비들과 예쁜 애인들을 불러내는 거울 같은 연못 바닥에는 카드놀이가 벌어지고, 석양의 하늘에는 성녀들, 베일들이, 화음의 실들이, 전설적인 색채와 반음계가 나래를 편다.

지나가는 사냥꾼과 유목민의 등장에 관광객은 소스라친다. 장터의 잔디 간이 무대 위에 연극이 방울방울 맺혀 내린다. 이 어리둥절한 무대들이 들어서자 가난한 자들과 약자들의 당혹함이란!

그의 노예의 시선에 들어오는 것들, — 독일이 달을 향해 비계飛階를 세우자, 타타르의 사막이 환해지고 — 오랜 반란이 **천자의 제국** 중심에서 들끓고, 계단과 옥좌를 지나며 — 희미하고 보잘것없는 작은 세상 하나, 아프리카와 서양이 곧 건설되려 한다. 그러고는 뻔한 바다와 밤의 발레, 가치도 없는 화학, 터무니없는 멜로디.

우편 마차**가 우리를 어디에 내려놓든 늘 똑같은 부르주아 마술! 가장 초보적인 자연과학도라도 이런 개인적인 분위기는, 육체적 회한의 몽롱한 안개는 따를 수 없다고 느끼는데, 이를 확인하는 것도 이미 지독한 고통이다.

아니다! — 뜨거운 증기의, 다시 일으킨 바다의, 지하 세계 불길의, 날려버린 지구의, 그 귀결인 멸종의 그 순간에, 성서도 노른[✢✢✢]들도 큰 악의 없이 지적한 확신들, 그리고 이 확신을 지켜보는 일이 진지한 자에게 부여되리라. — 그렇지만 이것이 전설의 효과는 결코 아니리.

✢ clavecin. 피아노의 전신이다.

✢✢ malle. 우편 마차malle-poste는 우편과 함께 승객을 나르는 대중교통 수단이다.

✢✢✢ Nornes. 노른은 스칸디나비아의 북유럽 신화에 나오는 우주수宇宙樹 위그드라실Yggdrasil 밑에서 인간과 신들의 운명을 나무판에 새기는 여신들이다. 이들은 땅이 바닷속에 가라앉는, 세상과 신들의 종말인 라그나뢰크Ragnarök를 예언했다.

이동

강물이 낙하할 때마다 기슭을 보면 옆으로 요동치는 이동,
배의 후미에 이는 소용돌이,
경사면의 속도,
조류의 엄청난 물살,
전대미문의 빛과
화학적 새로움을 뚫고
급류와
소용돌이 폭우에 휩싸인 여행객들을 이끈다.

이들은 개개인의 화학적 부를 추구하는
세계의 정복자들,
스포츠와 안락이 이들과 함께 여행한다.
종족과 계급과 짐승들의 교육을
이 배에 싣고 간다.
대홍수의 빛에는,
끔찍했던 연구의 밤에는,
휴식과 현기증.

왜냐하면 화려한 의식이 준비될 때 나눈 대화에서,—
피여, 그리고 꽃이여, 불이여, 보석이여 —
달아나는 이 뱃전의 흥분된 계산에서,
— 수력으로 움직이는 물길 너머로 제방처럼 굴러
가며,
괴물처럼, 끝없이 불 밝히는, — 이들의 연구 저장고를
우리는 볼 수 있기에, —
조화로운 황홀 속으로 내몰리는 이들을,
그리고 발견의 영웅심을.

대기가 가장 놀라운 사건을 일으킬 때마다
방주 위의 한 쌍의 청춘은 무리와 떨어져,
— 지난날의 어리석음은 용서받은 것일까? —
노래하며, 자리 잡고 바라본다.

보텀*

현실은 내 위대한 성격이 견디기에는 지나치게 가시 같지만, — 그럼에도 나는 천장의 쇠시리를 향해 날아가 저녁 연회의 어둠 속에 날개 펼치는 회청색 커다란 새로 변해, 친애하는 부인 집에 있었다.

나는 그녀가 사랑하는 보석과 그녀의 육체가 드러낸 걸작을 지탱하는 침대 닫집 밑에서, 보랏빛 잇몸을 드러내며, 슬픔으로 하얗게 털이 센, 콘솔 테이블의 수정과 은 식기에서 두 눈을 떼지 못하는 한 마리 큰곰이었다.

모든 것이 어둠 아니면 불타는 수족관으로 바뀌었다.

아침에, — 전투적인 유월의 새벽에, — 나는 당나귀가 되어 들판을 달리며, 내 불만을 나팔 불며 퍼뜨리고 휘둘렀다. 교외의 사빈들**이 내 가슴에 몸을 던지러 올 때까지.

✣ Bottom. 셰익스피어의 《한여름 밤의 꿈*A Midsummer Night's Dream*》에 등장하는 인물이다. 아테네 테세우스 왕의 결혼식 날 연극 공연을 맡은 배우이지만 장난꾸러기 요정 퍽의 마법으로 당나귀 머리의 남자로 바뀐다. 처음 본 상대에게 사랑에 빠지는 마법에 걸린 요정 나라의 왕비 티타니아가 보텀을 보고 사랑에 빠져 한동안 황홀해하지만, 요정 나라 왕 오베론 덕에 정상으로 돌아간다.

✣✣ Sabines. 사빈은 로마를 건국한 로물루스가 인구를 늘이기 위해 납치해온 이웃 나라 사비니의 여인들이다. 사비니 사람들이 딸과 여동생의 복수를 위해 전쟁을 벌이자, 로마 편에 서서 중재에 나선다. 여기서 "교외의 사빈들"은 도시 주변의 매춘부를 가리킨다.

H

괴물 같은 온갖 것이 오르탕스[+]의 잔인한 행위를 격렬하게 부추긴다. 그녀의 고독은 성적 기계이며, 그녀의 권태는 사랑의 동력이다. 유년기를 감시하는 분위기 속에서도, 그녀는 수많은 시대에 걸쳐 숱한 종족을 위한 뜨거운 위생이 되었다. 그녀의 문은 가난을 향해 열려 있다. 저 아래, 지금 사람들의 도덕은 그녀의 열정 또는 그녀의 행동이 되어 육체에서 벗어난다. — 피 흘리는 대지에서 그리고 불 밝힌 가스등에서, 오 초짜 사랑의 끔찍한 전율! 오르탕스를 찾아라.

[+] Hortense, 나폴레옹 3세의 어머니(Hortense de Beauharnais)나 오펜바흐의《아름다운 헬레나*La Belle Hélène*》의 유명한 오페라 코미크 여가수(Hortense Schneider)의 이름이기도 하지만, 이에 대한 해석은 다양하고 불분명하다. Hortense는 오히려 Hors(밖으로)-tense(긴장한)의 조합의 의미를, 제목 H 또한 habitude(습관)나 hygiène(위생)의 암시를 고려할 필요가 있다.

H

toutes les monstruositées
violent les gestes
atroces
d'Hortense
amoureuse

Sa solitude
est la mecanique
erotique
Sa lasitude la dynamique

Sous la surveillance
d'une enfance
Elle a été
l'ardente hygiëne
a des époques nombreuses
Des races
Sa porte est ouverte
a
la
misère

Sa, la moralité
des êtres
actuels
se Decorpore en sa passion
et en son action

O terrible frisson
des amours
novices sur le
sol sanglant et
par l'hydrogëne
clarteuse

TROUVEZ
HORTENSE

F.L

기도[+]

나의 루이즈 바낭 드 보랭겜 수녀님께 — 북쪽 바다와 돌아선 푸른 수녀 모자. — 조난자들을 위하여 아멘.

나의 레오니 오부아 대쉬비 수녀님께. 수리수리 — 붕붕거리며 고약한 냄새피우는 여름 약초. — 어머니와 아이들의 열병을 위하여 아멘.

륄뤼에게, — 작은 악마 — **여자 친구**들과 보낸, 그녀의 불완전한 교육 시절에는 기도실 취향이 있었지. 남자들을 위해 아멘! ××× 부인에게.

청년이던 예전의 나에게. 은거 중이든 선교 중이든, 저 늙은 성자에게.

가난한 자들의 마음에. 그리고 매우 높은 고위 성직자에게.

또한 순간의 열망에 따라, 또는 바로 우리 자신의 심각한 악습에 따라, 이런저런 기념비적 예배 장소와 이런저런 사건에 무조건 복종해야 했던 온갖 숭배에.

오늘 저녁, 생선처럼 기름지고 열 달의 붉은 밤처럼 붉게 빛나는 높은 빙산의 시르세토[++]에게, — (향유고래의 용연향과 정액[+++]인 그녀의 애정) — 이 어둠의 지역처럼 말 없는, 이 북극의 혼돈보다 치열한 용맹을 능가하는, 나의 유일한 기도를 위하여.

어떤 대가를 치를지라도, 어떤 분위기일지라도, 심지어 물질계를 초월한 형이상학적 여행일지라도. — 그러나 더 그때 이상으로⁜.

⁜ Dévotion. 보통 경건한 기도, 예배, 봉헌, 헌신의 의미를 내세우지만 라틴어 devotio에서 알 수 있듯이 절망에 빠진 자의 저주나 악담을 뜻하기도 한다.

⁜⁜ Circeto. 오디세이의 부하들을 돼지로 바꾼 마법에 뛰어난 님프 'Circé'와 고래를 뜻하는 'Ceto'의 결합이다.

⁜⁜⁜ spunk. 영어 spunk는 비속어 또는 은어로서는 정액, 사정을 뜻한다. 용연향ambre은 향유고래의 장에서 음식물과 담즙이 섞여 생긴 분비물이다.

⁜ Mais plus *alors*. 마지막 구절은 두 가지로 해석할 수 있다. alors는 어원적으로 'à + lors(l'heure)', 그 당시, 그때라는 시간적 의미를 띠며, 부정의 '그러나 더 이상 그때는 없음'과 긍정의 '그러나 더 그때 이상으로'로 해석할 수 있다. 이 구절은 'nevermore'인지 'more'인지 각자의 해석과 관점에 따라 달라진다.

민주주의+

"깃발은 이 세상 아닌 더러운++ 풍경으로 간다, 우리의 사투리++++ 확실하게 북소리 잡는다.

"이 도시 저 도시로 가장 파렴치한 매춘 벌인다. 논리적인 반항 죄다 때려잡는다.

"후추에 취해 눈물바다 나라+‡로 간다! — 가장 끔찍한 산업 개발 또는 군대식 개발을 위해 투신.

"잘 있으라 여기도, 어느 곳이든. 우린 열의熱意에 가득 찬 신병新兵, 무자비한 철학을 가지리. 과학에는 무식하지만, 안락에는 약아빠진 놈. 굴러가는 세상을 위해 돌파. 이것이 진정한 전진. 앞으로, 행군!"

✣ Démocratie. 제목 '민주주의'는 시인의 말로서, 잔인한 학살을 예고하는 제3공화국 군인들의 구호 또는 군가를 떠올리는 이하 인용문과 구별된다. '제3공화국 당신들이 주장하는 민주주의는 이런 것이다'라는, 타락한, 거짓 민주주의에 대한 아이러니와 비난을 암시한다.

✣✣ immonde. 깨끗한 본국과 대비되는 미개한 식민지를 가리킨다. 또한 im + monde의 말장난도 염두에 둘 필요가 있다.

✣✣✣ notre patois. 군인들의 은어argot가 아닌 사투리patois에 주목할 필요가 있다. 사투리를 쓰는 군인은 민주주의적 이상에 전혀 관심 없는 농촌 출신 군인들을 가리킨다.

✣✣✣✣ 식민지의 산물인 후추는 코뮌파들의 감옥으로 유명한 식민지 기아나Guyanne의 카옌Cayenne을 떠오르게 한다.

페어리[+]

헬레나를 위해, 처녀림의 어둠 속 장식적인 수액과 천체의 침묵 속 무심한 빛들이 공모하였다. 여름의 열기는 노래하지 않는 백조가 맡았고, 무기력은 사랑이 죽고 향기가 약해진 작은 만灣 속에 값을 정할 수 없는 상중喪中의 죽은 배가 담당했다.

— 파괴된 숲 아래로 흐르는 급류 소리에 실린 여자 나무꾼들의 노래, 골짜기에 메아리치는 가축들의 방울 소리, 그리고 대초원에서 들리는 비명의 시간이 지난 뒤. —

헬레나의 어린 시절을 위해 짐승의 털가죽도 녹음綠陰도 떨었다. — 가난한 자들의 가슴도, 하늘의 전설도.

그리고 값비싼 광채보다, 차디찬 별들의 운세運勢보다, 유일한 무대이자 유일한 시간의 유흥보다 더 뛰어난 그녀의 두 눈과 춤.

[+] Fairy. 영어로 요정을 뜻하지만 요정극, 요정 나라, 선경仙境을 뜻하는 프랑스어 féerie와 발음이 유사하다.

F.L.49.

전쟁

어린아이 적, 몇몇 하늘은 나의 시각을 예리하게 했다. 온갖 성격이 내 얼굴에 세심하게 그려졌다. 여러 **현상**이 요동쳤다. — 지금, 순간들의 영원한 굴절과 수학의 무한이, 이상한 어린 시절과 과도한 애정으로 내 존중받으며 시민으로서 모든 성공을 어쩔 수 없이 따랐던 이 세상 너머로 나를 내몬다. — 나는 정의의 또는 힘의, 정말 예견할 수 없는 논리의 어떤 **전쟁**을 생각해본다.

이것은 음악적인 한 구절만큼이나 단순하다.

정령

그는 애정이자 현재, 눈 거품 날리는 겨울과 여름의 시끄러운 소문에도 집을 개방하였기에, — 술과 음식을 맑게 정화하던 그 — 멀어져가는 장소의 매력과 잠시 머문 곳의 초인적인 즐거움인 그. — 그는 애정이자 미래, 우리가, 다름 아닌 우리가 권태에도 분연히 일어나 폭풍의 하늘과 무아지경 깃발 속을 헤쳐나가는 것을 보게 되는 그 힘과 사랑이다.

그는 사랑, 완벽하고 재발명된 리듬, 경이롭고 예측 불가능한 이성이며, 영원. 저 운명애적 특성의 사랑을 받는 기계. 우리는 모두 그의 양보와 우리의 양보가 정말 두려웠다. 오 우리 건강의 기쁨, 우리 능력의 도약, 그를 향한 이기적인 애정과 열광, — 자신의 무한한 삶을 위해 우리를 사랑하는 그……

그리하여 우리는 다시 그를 떠올리리라, 그가 여행을 떠난다…… 그리하여 **숭배**가 사라지면, 울린다, 그의 **약속**이, 울린다, "사라져라, 이 미신들, 이 옛날 육체들, 이 부부들과 이 세대들. 몰락한 것은 다름 아닌 이 시대로다!"

그는 떠나지 않을 것이다, 하늘에서 다시 내려오지 않을 것이다, 여자들의 분노와 남자들의 쾌활과 이 모든 죄악을 구원하지 않을 것이다. 왜냐하면 그가 존재하고, 사랑받으므로, 구원은 이루어졌기에.

오 그의 숨결, 표정, 질주들. 무시무시한 속도로 펼쳐지는 형식과 행동의 완벽함.

오 정신의 풍요와 세상의 광대함.

그의 육체! 꿈꾼 해방, 새로운 폭력을 마주하게 되면 바로 부서지는 자비!

그의 시선, 그의 시선! 그의 시선이 지나가자마자 사라지는 온갖 오래된 굴종과 형벌.

그의 밝은 낮! 더 강렬한 음악에 휩싸여, 비명 지르고 꿈틀대는 모든 고통의 정지.

그의 발걸음! 저 옛날 민족 대이동들+보다 더 어마어마한 이주.

오 그와 우리! 잃어버린 이웃 사랑보다 더 자애로운 자부심.

오 세상이여! — 그리고 새로운 불행의 맑은 노래여!

그는 우리를 모두 알았고 우리를 모두 사랑했다. 우리 모두, 이 겨울밤, 곶에서 곶으로, 소란스러운 극지방에서 성채로, 군중에서 바닷가로, 시선에서 시선으로, 힘과 감정이 소진되었어도, 그를 소리쳐 부르고 그를 보자, 그리고 그를 다시 보내자, 파도 속으로도 눈 덮인 오지의 꼭대기로도, 그의 시선, 그의 숨결, 그의 육체, 그의 낮을 따르자.

anciennes invasions. 여기서 invasions은 일반적 의미의 침략들이 아니라 침략으로 생긴 이주를 가리킨다. 가령 기원전 12세경부터 그리스 북부에 남하하여 미케네 문명을 파괴한 도리스인의 이주invasion dorienne나, 기원후 5세기경 아틸라의 훈족을 피해 갈리아 지방으로 이주한 프랑크족의 경우처럼 게르만족의 민족 대이동grandes invasions을 떠오르게 한다.

젊은 날

I
일요일

계산들 잠시 옆으로 밀쳐 두면, 하늘의 피할 수 없는 하강, 추억의 방문, 빠른 리듬의 장면이 거처와 머리, 정신의 세계에 들어선다.

— 말 한 필 전속력으로 질주하는 근교 경마장에, 경작지와 조림지造林地를 따라 석탄 연기의 페스트가 뚫고 나온다. 연극 속에서나 볼 가련한 한 여인, 세상 모처에서, 가능하지도 않은 단념을 갈망한다. 접대가리 상실한 녀석들 천둥과 번개, 만취, 상처를 애타게 기다린다. 어린아이들은 강줄기들을 따라가며 저주를 잠재운다. —

대중 속에 모여 다시 불어오는, 모든 걸 소진하는 작품 소리 들리면 다시 연구하자.

II

소네트

보통의 정상적인 체제서 자란 인간아, 육체는
동산 과수원에 달린 과일이 아니었던가, — 오
아이 적 나날들! 육체는 아낌없이 써야 할 보물이 아니었던가, — 오
사랑한다는 것은 프시케의 위험인가 힘인가? 대지는
왕족들, 예술가들로 풍요로운 비탈을 가졌건만,
후손과 종족은 당신들을 죄와 죽음으로,
지독히도 몰아댔지. 세상은 당신들의 행운이자 당신들의
위험. 그러나 지금, 이 노고를 치르면, — 바로 너, 네 계산을
— 바로 너, 네 성급함을 — 존재하게 되는 것은 오직 당신들의 춤과
당신들의 목소리뿐, 정해진 것 없고 전혀 강요 없는, 비록
발명과 성공이라는 이중의 결과와 유일한 이성의 산물이지만,
— 이미지 없는 우주를 관통하여 사려 깊은 형제애 드높은
인류 속에, — 그리하여 힘과 정의는 오직 지금에만 높게
평가받는 춤과 목소리를 반사한다.

III
스무살

교훈의 목소리들 추방당하고…… 신체의 자유도 비통하지만 퇴보하고…… — 아다지오 — 아! 청춘의 끝 모를 에고이즘이여, 정말 열심인 낙관주의여, 그 여름의 세상은 진정 꽃으로 가득했다! 숱한 노래와 형식들이 죽어갔는데…… — 무기력과 부재를 달래기 위하여, 합창 한 곡! 밤의 선율을 실은, 술잔들의 합창 한 곡…… 정말이지 신경이 온몸을 긁으며 지나간다.

IV

너는 아직도 앙투안의 유혹에 머물러 있구나. 마구 톡톡 튀는 열정은 줄었지만, 유치한 자부심으로 찌푸린 얼굴 경련, 의기소침과 두려움.

하지만 너는 이 일을 하리라. 화음과 건축의 모든 가능성이 네가 앉은 자리 주위로 요동치리라. 뜻밖의, 완벽한 존재들이 너의 실험에 자신을 바치리라. 네 주변으로 저 옛날 대중들의, 사치스러운 무위도식자들의 호기심이 꿈속인 듯 몰려들리라. 너의 기억과 너의 감각은 창조적 충동의 자양분에 지나지 않으리. 세상으로 말할 것 같으면, 네가 나올 때 무엇이 되어 있을까? 어떤 경우든 지금의 겉모습은 그 무엇도 남아 있지 않음.

F.L

바겐세일

판매함. 유대인도 판 적 없는 것, 고귀함도 죄악도 맛보지 못한 것, 대중의 저주받은 사랑과 지옥 같은 정직도 경험하지 못한 것, 따라서 시간도 과학도 받아들일 필요가 없는 것.

다시 구성되는 **목소리**들, 코러스와 오케스트라의 모든 에너지가 형제애로 눈뜸과 그 즉각적 적용, 우리의 감각을 해방할, 유일무이한 기회!

판매함. 모든 인종, 모든 세계, 모든 성별, 모든 혈통을 넘어서는, 가치를 매길 수 없는 **육체**들! 발걸음마다 솟아나는 부富! 무한정 다이아몬드 바겐세일!

판매함. 대중에겐 무정부상태. 고급 구매자에겐 억누를 길 없는 만족. 신자들과 연인들에겐 견디기 힘든 죽음!

판매함. 거주와 이주, 즉 스포츠들, 선경仙境들, 완벽한 안락들, 그리고 소리와 이동과 이것들이 만드는 미래!

판매함. 계산의 적용과 화음의 들어본 적도 없는 비약들. 짐작도 못 했던 생각과 표현들, 바로 이해,

눈에 보이지 않는 찬란함을 향한, 감각을 초월한 환희

를 향한 엄청나고 무한한 도약, — 그리고 개개의 악덕을 위한 저 무서운 비밀들 — 그리고 군중을 위한 저 소름 끼치는 쾌활함 —.

— 판매함. **육체**들, 목소리들, 의심의 여지가 없는 어마어마한 부유富有, 사람들이 절대 팔지 않을 것. 판매자들로선 바겐세일이 아직 끝나지 않았다! 외판원들은 자신들이 위탁받은 물건을 그리 일찍 반환할 필요가 없다.

옮긴이 해제

랭보의 마지막 시집 《일뤼미나시옹》의 대항해

랭보의 《일뤼미나시옹》 전체 번역을 내놓으면서, 한편으로 감회가 남다르지만 다른 한편으로 불가능한 시집이자 불가해한 시집을 둘러싼 여러 문제와 번역상의 어려움 때문에 걱정이 앞선다. 번역이 《일뤼미나시옹》의 난해함을 완전히 해결하거나 벗어던질 수 없기 때문이다.

1886년 잡지 《라 보그 *La Vogue*》에 《일뤼미나시옹》을 최초로 출판한 펠릭스 페네옹은 "모든 문학을 벗어난, 어쩌면 모든 문학을 능가하는" 작품이라고 하면서 이제까지 경험하지 못한 기이하고 강렬한 《일뤼미나시옹》의 독창성을 격찬했다. 이 시집은 무엇보다 새로운 경험이며, 난해하고도 생경한 놀라운 신비를 옮기며, 언어의 극한까지 간 듯하다. 〈콩트〉의 화자가 "난해한 음악"의 부재를 아쉬워한 것처럼, 《일뤼미나시옹》은 뭔가 음악을 동반하지 않으면 안 되는, 어쩌면 일반적 언어 방식으로는 옮기기 힘든 세계일지 모른다. 〈퍼레이드〉의 고백대로라면 "나 혼자 이 야만적인 퍼레이드의 열쇠를" 가졌다고 할 수 있다. 저자가 의도했으리라 보지만, 《일뤼미나시옹》을 이해하는 시의 열쇠가 독자에게 주어지지 않은 것만은 분명하다.

이 시집을 접한 독자들의 반응은 어떨까? 아마도 기이하고 생경하며 엉뚱하다는 인상이 전부일지 모른다. 랭보의 마지막 시집이 엉뚱하고 기이한 것은 원문을 읽는 프랑스어 독자도 사정은 다르지 않다. 복잡하고 미묘한 형용사, 수많은 고유명사, 난해한 문장구조 그리고 무수히 많은 쉼표와 더불어 비약과 생략으로 이어지는 은유와 알레고리의 열거, 문맥의 부재와 단어의 다의적 활용이 불러일으키는 혼란, 어조의 모호함, 그리스와 라틴의 고대 신화는 물론 기독교를 비롯한 혼란스러운 종교적 문맥 등은 고스란히《일뤼미나시옹》이 난해한 이유가 된다. 시인이 프랑스어의 모든 한계와 역량을 쏟아부은 비밀스러운 언어 건축에 다가가기란 쉽지 않다.

이 시집의 번역은 이러한 고민에서 나왔다. 가능한 한 원본 텍스트의 기이한 생경함을 놓치지 않으면서도, 저자가 의도한 비유의 의미를 선택하는 일이었다. 이 과정에서 다양한 의미를 가진 랭보의 시어를 하나의 의미로 선택해야 하는 불가피한 면도 있었지만, 언어의 순차적 배열이 이미지를 구성하고 재현하는 가장 중요한 측면이라는 점을 고려하여 원시가 제시하는 단어 배열 순서를 최대한 맞추면서, 문장부호나 줄표, 문장 구성, 생략 어법 등 원시의 형식적, 언어적 구성을 되살리려고 노력했다.

하지만《일뤼미나시옹》에는 여전히 저자만이 아는 이상한 소통의 단절과 난해함이 존재한다. 이 시집 전체를 단번에 꿰뚫는 이해하기 쉽고 그럴듯한 해설은 애당초 가능하지도 않지만, 세상 어디에도 존재하지 않는다. 오히려 이 자리를 빌려, 독자가 랭보의 마지막 시집을 이해하는 데 유용한 길잡이가 되도록, 시집을 둘러싼 논의와 문제를 지적하고 몇 가지 독서 방향을 소개하고자 한다.

바람 구두를 신은 시인의 짧은 문학적 생애

우선 랭보의 삶이 마지막 시집을 이해하는 데 어느 정도 도움이 될 수 있을까?

결론부터 말하면, 텍스트 외적 요소는 이 시집이 그리는 세계를 이해하는 데 별 도움이 못 된다. 그래도 몇 가지 중요한 삶의 지표를 짚어보면, 우선 랭보는 6세 때 군인이었던 아버지가 병영으로 완전히 떠나버리고 난 후, 아버지의 부재와 완고하고 독실한 기독교 신자였던 어머니의 엄격함 속에서 자랐다. 아버지의 부재와 어머니의 애정은 시인의 생애에 고려해야 할 첫 번째 지표라 할 수 있다. 시골 소도시 샤를빌의 프티 부르주아로서 아주 부자는 아니지만 그래도 근처에 토지를 소유한 지주의 집으로 가난하지 않았고, 학창 시절 특출나게 공부를 잘했다.

랭보의 생애에 두 번째 중요한 지표는 1870년 7월에 발발한 보불 전쟁과 1871년 3월 18일에서 5월 28일까지 전쟁의 혼란 속에 기존의 부르주아 정부를 대신해 급진적 사회주의 체제를 세운 마지막 혁명 파리 코뮌이다. 파리 코뮌은 1871년 5월 21일부터 28일까지 일주일 동안 '피의 주간'이라는 처절한 유혈 비극으로 끝난다. 보불 전쟁과 파리 코뮌은 결국 무고한 사람들을 학살한, 일종의 제노사이드였다. 파리 코뮌의 의미는 연구자마다 평가가 다르지만, 시를 통한 혁명을 꿈꾸던 시인의 삶을 고려할 때 다른 어떤 사건보다 결정적인 의미를 지닌다.

세 번째 지표는 세간을 떠들썩하게 한 베를렌과의 요란한 관계다. 두 시인의 관계는 다른 지면이 필요할 만큼 복잡하지만, 베를렌은 적어도 랭보가 내세우는 시인의 위상, 즉 삶과 사회를 변화시키는 '투시자voyant'[+] 동지이자 또 유일한 애정의 대상으로서 시적인 영혼의 동반자였다. 실제로 랭보 시 가운데 난해한 몇몇 시는 베를렌 시와의 상호텍스트성intertextualité을 고려하지 않으면 이해하기 힘든 경우가 많다. 앞으로의 연구들이 더욱 풀어야 할 과제이지만 상호텍스트의 관점에서 볼 때, 랭보가 베를렌의 문학에 미친 영향보다 베를렌의 시가 랭보에게 훨씬 큰 반향을 일으켰다고 볼 수 있다.

[+] 1871년 5월 13일과 15일 랭보가 이장바르와 드메니에게 보내는 편지에서 선언한 시인의 위상으로서, 일반적으로 '견자見者'로 알려진 'voyant'을 가리킨다. 'voyant'은 사실 '보다'라는 동사 'voir'에서 파생된 보통명사로서 성경의 선지자, 예언자 그리고 독일 낭만주의의 아힘 폰 아르님이나 프랑스의 발작, 고티에 등 수많은 사상가와 작가가 시인을 지칭하는 단어로 썼으며 랭보가 창안한 말은 아니다. 랭보가 이 단어에 자신의 시학과 관련해 독자적인 의미를 부여하고 있지만, 일본어 번역의 '견자'는 자칫 보통명사가 아니라 시인이 창안한 특별한 단어라는 오해를 불러일으킬 수 있다.

1872년 7월 7일 랭보는 아무런 준비 없이 마치 즉흥적인 듯, 베를렌과 함께 브뤼셀로 떠났고 이 일로 신혼이던 베를렌은 아내와 떨어지게 되었다. 9월에 두 사람은 런던에 도착했다. 이후 런던을 왔다 갔다 반복하면서 다툼이 잦아졌고, 1873년 7월 10일 심한 논쟁 끝에 자신을 떠나겠다는 랭보에게 베를렌이 권총을 쏘아 랭보가 손목에 부상을 당하는 사건이 발생한다. 첫 번째 총기 사건은 병원에서 응급 치료로 끝났지만, 브뤼셀역 근처 광장에서 주머니를 뒤적이는 베를렌의 행동에 위협을 느낀 랭보가 주변 경찰에게 신고하여 베를렌은 체포된다. 총기 사건보다 동성애 혐의로 베를렌은 2년 동안 감옥에 갇히고 그와 더불어 두 사람의 관계도 끝난다.

1874년에 랭보는 제르맹 누보와 함께 런던으로 가는데, 아마도 이 시기에 랭보는《일뤼미나시옹》시들을 옮기는 작업에 몰두했을 것이다. "공식적인 아크로폴리스"의 〈도시들 [I]〉, 〈메트로폴리탱〉에 남아 있는 제르맹 누보의 필체가 이를 뒷받침한다.《일뤼미나시옹》을 옮길 때 같이 있던 누보가 작업을 도운 것으로 보인다.

1875년 2월 말 랭보는 막 감옥을 나온 베를렌을 독일 슈투트가르트에서 만나 출판을 위해 누보에게 부쳐달라며《일뤼미나시옹》원고를 베를렌에게 맡겼다. 그것이 랭보의 마지막 문학 행위였다. 이후 1891년 37세까지의 삶은 문학과 전혀 무관한 삶이었다.

랭보의 마지막 시집에 대해

랭보의 마지막 시집이 무엇인지 살펴보는 문제는 국내에 소개된 바가 거의 없다. 사실 이 문제는 소개를 주저할 정도로 문제가 복잡하다. 마지막 시집의 문제는 랭보의 시를 이해하는 데 거의 도움은 안 되지만, 그래도 언급할 가치가 있다면 시인의 시를 둘러싸고 가장 큰 영향력을 미친 오해 하나를 떨쳐버릴 수 있다는 정도일 것이다. 따지고 보면 많은 사람이 랭보의 시를 읽고 감탄했다기보다는 젊은 시인의 신화와 명성에 이끌린 게 사실이다. 명성이 작품보다 작품 외적 요인에 있다면 더욱더 문제라 할 수 있다. 그런데 이러한 랭보 시에 관한 잘못된 풍문, 오해, 왜곡의 본질에는 젊은 천재 시인의 절필이 중요한 작용을 했고, 이를 뒷받침하는 이론적 토대가 마지막 시집이었다. 1949년까지 랭보의 마지막 시집은 《지옥에서 한 철*Une saison en enfer*》로 알려졌다. 《지옥에서 한 철》의 마지막 〈고별Adieu〉은 그 제목이 시사하듯 시인의 결정적 작별로 받아들여졌다. 자연스럽게 시인이 문학적 삶을 떠나 장사꾼이 되어 아프리카로 떠난 또 다른 삶은 유명한 '랭보의 침묵'이 되었다.

물론 이러한 해석은 동성애, 기존의 질서를 거부하고 진보적 사회를 꿈꾼 반항아, 파리 코뮌의 지지자 등 세상을 바꾸고자 한 혁명가, 또는 현재의 세상을 뒤집는 전복자로서 랭보의 모습을 훌륭한 부르주아 가정의 일원으로 바꿔 덧칠하려고 노력한 랭보 여동생 부부인 이자벨 랭보와 파테른 베리숑의 영향과 개입이 컸지만, 시인의 짧은 문학적 생애와 난해한 작품에도 이유가 없지 않다.

랭보는 몇몇 편지를 제외하면 시와 관련된 글을 찾아보기 힘들다. 시인으로 활동하던 시기에도 몇몇 문인과 안면이 있을 뿐 무명이었으며, 일기도 작가 수첩도 없다. 《지옥에서 한 철》을 제외한다면 거의 모든 작품을 랭보가 출판하지 않았고, 창작 연대 또한 확실하지 않은 것이 많다. 1873년 자비로 출판한 유일한 시집인《지옥에서 한 철》에 실린 9편 가운데 마지막 〈고별〉은 시인의 문학적 생애에 결정적인 지표가 되었다. 따라서 그로부터 약 2년도 안 되어 1875년 2월 말 베를렌에게 깨끗이 정서한《일뤼미나시옹》의 원고를 넘긴 것은《지옥에서 한 철》의 〈고별〉과는 다른 문학 행위였다.

이제까지 랭보의 문학적 고별은《지옥에서 한 철》로 알았고 그에 따라 시인의 시는 현실에 대한 시의 실패와 한계로 이해했는데, 만약 마지막 작품이 아니라면 그런 관점이나 해석에 의문이 생길 수밖에 없다. 1949년 부얀 드 라코스트가 랭보의 자필 원고 필체를 연구한 결과, 《일뤼미나시옹》은《지옥에서 한 철》 이후의 필체로 드러났다.《일뤼미나시옹》이 마지막 작품이라는 새로운 주장은 그야말로 랭보 이해에 지각변동을 불러일으켰다. 필체 연구는 시인의 마지막 작품을 확증할 객관적 토대가 없기에 강구한 방법이지만, 메마르고 재미없는 작업이 아닐 수 없었다. 그러나 그 덕택에 랭보의 마지막 시집을 둘러싼 많은 의문이 풀리게 되었다. 하지만 드 라코스트의 필체 연구는 시작에 지나지 않았다. 필체 연구는 2000년까지 엎치락뒤치락하면서 핵심 이론이 부정되는 반전이 있었다.

부야 드 라코스트의 《일뤼미나시옹》 후기론과 달리 1985년 앙드레 귀요는 《일뤼미나시옹》과 《지옥에서 한 철》의 중첩chevauchememt 가능성을 제시하면서 《일뤼미나시옹》이 마지막 작품이 아님을 주장했다. 귀요는 부야 드 라코스트 연구의 단점을 지적하면서, 적어도 《일뤼미나시옹》 중, 〈보텀〉은 《지옥에서 한 철》과 같은 시기인 1873년에 랭보가 복사한 베를렌의 〈크리멘 아모리스Crimen amoris〉 원고와 비교할 때 몇몇 단어의 글씨체가 유사하다고 밝혔다. 따라서 《일뤼미나시옹》의 후기론은 부정되었다.

그런데 2000년 스티브 머피는 〈보텀〉과 〈크리멘 아모리스〉에서 몇몇 단어의 유사함을 부정하고 전체적으로 두 원고의 필체가 다르다고 반박했다. 머피는 부야 드 라코스트가 랭보의 후기 필체의 가장 주된 특징으로 지목한, 오른쪽으로 끝을 동그랗게 만 필기체 소문자 f(f minuscule et bouclé)를 토대로, 〈크리멘 아모리스〉의 원고와 같은 시기 랭보가 복사한 베를렌의 또 다른 시 〈죽을 때까지 회개하지 않음L'Impénitence finale〉의 원고를 추가하여 검토한 결과 모두 아래에 오른쪽으로 말아 올린 소문자 'f bouclé'가 아니었다. 그 결과 《일뤼미나시옹》에서 한 작품이 《지옥에서 한 철》과 시기적으로 일치한다는 귀요의 주장 역시 받아들이기 힘들게 되었다. 따라서《일뤼미나시옹》의 후기론은 폐기되지 않았고, 필체 연구는 중첩 이론을 증명할 수 없게 되었다.

이자벨 랭보가 개입한《일뤼미나시옹》전기론, 부얀 드 라코스트의 후기론, 앙드레 귀요의 중첩론은 모두 마지막 작품집에 관한 이론이지만, 이 주장들은 단순히 사실과 관련된 이론으로 그치지 않고 마치 이데올로기처럼 각자의 해석과 평가라는 나름의 관점을 내포하고 있다. 가장 영향력이 큰 관점은 시인의 여동생 이자벨이 주장한 관점으로서, 1871년 5월의 투시자는 반항의 시학과 더불어 혁명과 진보를 추구했지만 언어로는 사회 개혁이 불가능함을 깨닫고 문학과 작별했다는 것이다.

부얀 드 라코스트의 후기론의 관점에서 본다면 이러한 견해는 받아들일 수 없다.《일뤼미나시옹》의 노력은《지옥에서 한 철》이후의 새로운 시도이자, 지옥의 병을 겪고 치유한 환자의 회복으로 간주할 수 있다. 회복기로 접어든 환자의 치료 약은 예술의 힘이며, 그 힘의 본질은 조화였다.《지옥에서 한 철》이 퍼붓는 저주와 소외된 사회에 대한 이의 제기나 원망은 물론이고 괴물 같은 영혼, 병든 마음, 동성애의 소문과 파탄도 이제 모두 지나갔다. 1874년 스무 살의 랭보는 위기 뒤에 작가로서 열정을 잃지 않고 글쓰기에 매진함으로써, 예술가로서의 마지막 모습을 되찾은 것이다.

이처럼《일뤼미나시옹》전기론과 후기론은 각각의 관점에서 시인의 시에 대한 결론을 달리한다. 이에 반해 귀요의 중첩론은 명확한 주장보다 신중하고 미묘한 입장을 보인다. 시인의 문학적 절필의 의미를 나름의 관점에서 중요하게 생각하는 귀요의 중첩론은 후기론과 전기론의 해석에 중립적인 입장이지만, 후기론에 경도되지는 않는다. 랭보의 마지막 시집의 문제에 관한 지난 반세기 동안의 필체 연구는 결국 성과와 한계를 모두 지닌다고 할 수 있다.

필체 연구가 밝힌 사실을 정리하면, 첫째 랭보의 마지막 작품은 《지옥에서 한 철》이 아니며, 둘째 《일뤼미나시옹》은 출판을 위해 정서한 복사 원고이며 그 창작 연대가 《지옥에서 한 철》과 중첩된다거나 이후일지, 이전일지 그 어떤 것도 불확실하다. 문제는 두 번째 사실이다. 왜냐하면 《일뤼미나시옹》이 《지옥에서 한 철》 이후에 마련된 작품집일지라도, 《일뤼미나시옹》의 주제가 《지옥에서 한 철》 이후의 문학적 주제를 전개한다고 볼 수 없기 때문이다. 그러나 《일뤼미나시옹》은 《지옥에서 한 철》 이전이라는 전기론, 같은 시기라는 중첩론, 이후라는 후기론, 그 어떤 경우도 정확한 창작 시기를 정할 수 없지만 저자가 《지옥에서 한 철》 이후에 집중한 마지막 문학 행위라는 사실은 부인할 수 없다.

《일뤼미나시옹》이라는 불가능한 시집

시집명

《일뤼미나시옹》은 '마지막 시집'의 문제 못지않게 시

집을 둘러싼 여러 조건이나 사실이 불분명하여 독자로서는 혼란스러운 감이 적지 않다. 시집명의 사정도 다르지 않다. 이 시집의 제목은 랭보를 잘 알던 베를렌의 증언만 있을 뿐 시인이 밝힌 제목은 아니다. 〈곶〉의 원고 밑에 적은 "Illuminations"은 랭보의 필체가 아닌 것으로 드러났다. 베를렌은 1878년 시집의 원고를 소장하고 있던, 전처의 이복형제인 처남 샤를 드 시브리에게 보낸 편지에서 "자네도 아는 위인의 《일뤼미나시옹》(채색 판화집)을 읽고 나서"라고 처음으로 시집명을 "일뤼미나시옹"과 "채색 판화집painted plates"이라고 밝혔다. 베를렌은 1886년 《일뤼미나시옹》이 최초로 단행본 형태로 출판될 때 부친 서문에서 "Illuminations"이라는 말은 영어에서 온 말로서 채색 판화gravures colorées를 의미하며, 즉 coloured plates(색채 판화)"이며, 이 색채 판화가 저자가 원고에 부여한 부제목이라고 설명했다.

당연하지만 시집의 제목을 부제목의 의미로 제한하여 읽을 필요는 없다. 왜냐하면 《일뤼미나시옹》이라는 제목이 이 시집의 신비와 의미를 전하는 데 적절하지 않은 것은 아니기 때문이다. 이 제목은 빛을 뜻하는 라틴어 어원의 의미, 즉 빛, 광명, 계시의 의미를 잘 구현하고 있다. 그러나 베를렌이 밝힌 영어 단어라는 점과 우리말 독자의 이해를 고려하여, '일류미네이션'이라고 번역하는 것은 좀 고민하지 않을 수 없다. 프랑스어와 영어가 공통의 단어를 비슷한 의미로 쓰는 경우가 많은데, 저자는 물론 프랑스어 독자라면 과연 영어식 발음 표기를 반길 수 있을까? 더구나 거의 비슷한 단어라 할지라도 개별적인 시가 아니라 시집 전체를 지칭하는 비중과 무게를 지닌 제목명이라면, 아마도 프랑스어의 표기법을 내세우는 것이 적절할 것이다.

《일뤼미나시옹》에서 볼 수 있는 Being Beauteous(〈미의 존재〉), Fairy(〈페어리〉), Bottom(〈보텀〉) 같은 영어 제목도 영어임을 드러내야 하는지 결정하기 쉽지 않다. 〈곶〉의 "Palais-Promontoire"를 "팰리스 프로몬트리"라고 영어식으로 번역한다면 영어 'Promontory' 대신 "Promontoire"라는 프랑스 표기법을 내세운 저자의 의도를 무시한 것이 된다. 〈**대홍수** 이후〉의 "Splendide Hôtel"도 '호텔'의 프랑스식 표기를 고려할 때, '스플란디드 호텔'로 옮길지 '스플랑디드 호텔'로 옮길지 고민하지 않을 수 없다. 그러나 이 시집이 어둠과 밤에 바친 시들이 많다는 점과 어둠에서 빛의 탄생에 이르는, 요컨대 파멸과 창조에 대한 어떤 비전 또는 계시를 추구한다는 점에서, 그리고 제목명이라는 비중을 고려한다면 '채색 판화집', '착색 판화집', '일류미네이션'과 같은 제목으로 번역하는 것은 불필요한 오해와 논의를 불러일으킬 수 있다.

시집의 배열과 구성

《일뤼미나시옹》의 작품 배열 문제 역시 불분명하고 복잡한 논의를 제기한다. 작품 배열이 중요한 것은 그 자체가 시집의 해석이나 관점을 의미하기 때문이다. 작품 배열과 관련해서 제기되는 가장 골치 아픈 첫 번째 문제는 《일뤼미나시옹》 원고 뭉치 중 하나가 1872년 혹은 1873년 운문시들과 함께 구성되어 있다는 점이다.

《일뤼미나시옹》은 두 권으로 구성된 낱장 원고 뭉치로 되어 있었는데, 그중 하나가 1872년 또는 1873년의 운문시로 구성되어 산문시와 운문시가 혼재되어 있었다. 1886년 펠릭스 페네옹과 귀스타브 칸이 《라 보그》 여러 호에 걸쳐 시를 발표했을 때 산문시와 혼문시가 혼재되어 있었다. 같은 해 《라 보그》는 동일한 배열순은 아니지만 단행본 형태로 《일뤼미나시옹》을 출판했다. 그런데 1886년 당시에 《일뤼미나시옹》의 산문시 전부가 출판된 것은 아니다. 1886년 베를렌의 친구이자 시인이며 《라 보그》 창간 편집자인 레오 도르페가 잡지를 떠나면서 랭보의 산문시와 운문시 일부를 가져가서 샤를 그로에게 주었고, 샤를 그로는 다시 《라 보그》의 출판업자 레옹 바니에에게 팔았다. 이런 연유로 《일뤼미나시옹》의 산문시들은 1886년에 대부분 발표되었지만, 다섯 편의 산문시 〈페어리〉, 〈전쟁〉, 〈정령〉, 〈젊은 날〉, 〈바겐세일〉은 1895년 11월 베를렌의 서문이 실린 바니에 출판사의 《랭보 전집》에 뒤늦게 소개되었다.

《일뤼미나시옹》을 미완의 시집으로 보는 것은 다름 아닌 운문시와 산문시의 두 원고 뭉치의 존재와 여러 손을 거치면서 혼재와 분산의 형태로 출판된 사정이 크다. 1872년의 시들은 《지옥에서 한 철》의 〈언어의 연금술Alchimie du verbe〉에 이본異本 형태로 다시 수록됨으로써, 이 시들은 두 시집에 똑같이 존재하는 곤란한 문제가 발생했다. 이런 이유로 약 반세기가 지난 뒤, 《일뤼미니시옹》이 《지옥에서 한 철》 이후라는 것을 처음으로 밝힌 부얀 드 라코스트는 1949년 《일뤼미나시옹》을 출판하면서 1872년의 운문시들을 결정적으로 배제했다.

하지만 《일뤼미나시옹》에서 산문시와 운문시의 혼재를 랭보 시가 운문시에서 산문시로 변화한 시적 변천이라고 본다면, 여전히 쉽지 않은 문제를 안고 있다. 저자가 직접 출판하지 않고 제삼자가 출판한 《일뤼미나시옹》의 배열순은 여러 측면에서 해결할 수 없는 부분이 존재하지만, 현재까지 연구 성과를 고려할 때 가장 최선의 방식은 1872년의 시를 배제하고 1886년 《라 보그》에 최초로 발표된 순서와 1895년 바니에의 《랭보 전집》에 추가로 발표된 순서가 가장 중립적인 해결책이라 할 수 있다. 이를 소개하면 다음과 같다.

1886년 5월 13일 잡지 《라 보그》 발표 시

〈대홍수 이후〉, 〈어린 시절〉, 〈콩트〉, 〈퍼레이드〉, 〈고대〉, 〈미의 존재〉, 〈삶들〉, 〈출발〉, 〈왕좌〉, 〈어느 유일한 이성에게〉, 〈도취의 아침나절〉, 〈문장들〉, 〈노동자들〉, 〈다리들〉, 〈도시〉, 〈바퀴 자국들〉

1886년 5월 29일 발표

〈도시들 [II]〉, 〈방랑자들〉, 〈도시들 [I]〉, 〈밤샘들〉, 〈신비〉, 〈새벽〉, 〈꽃들〉, 〈일반 서민의 녹턴〉, 〈바다 풍경〉, 〈겨울 축제〉, 〈불안〉, 〈메트로폴리탱〉, 〈야만〉

1886년 7월 13일 발표
〈곶〉, 〈무대들〉, 〈역사적인 저녁〉

1886년 7월 21일 발표
〈이동〉, 〈보텀〉, 〈H〉, 〈기도〉, 〈민주주의〉

1895년 《랭보 전집》 발표
〈페어리〉, 〈전쟁〉, 〈정령〉, 〈젊은 날〉, 〈바겐세일〉

작품 배열과 관련한 두 번째 문제는 산문시 원고에 매겨진 1번에서 24번까지 페이지 번호는 누가 매겼느냐이다. 원고의 페이지 번호는 오랫동안 《라 보그》의 편집자들의 것인지 랭보의 것인지 확실하지 않았으나, 2000년 스티브 머피가 24번까지는 저자(또는 제르맹 누보)가 매겼다는 사실을 명확히 밝혔다. 스티브 머피는 "짙은 구름 가득한 칠월의 아침"으로 시작하는 〈문장들〉에 이어지는 12페이지의 제목 없는 단문들과 18페이지의 〈밤샘들〉 I과 II의 원고가 결정적으로 저자(또는 제르맹 누보)가 나중에 삽입하거나 바꿔치기한 전형적인 '저자의 편집 과정' 원고로서, 결코 페네옹과 같은 편집자가 개입해서 할 수 있는 게 아니라고 분석했다.

스티브 머피의 연구는 전문적이고 따분한 논의이지만 페이지 표기의 주체 문제는 매우 중요하다. 왜냐하면 페이지 번호는 《일뤼미나시옹》 같은 난해한 시집의 해석에 절대적 영향을 미칠 수 있기 때문이다. 실제로 원고의

1번에서 24번까지 번호 매김은 왼쪽 위에 '⌟' 모양 선 속에 22번과 24번을 매긴 것을 제외하면, 오른쪽 위 구석에 'ㄴ' 모양 선 안에 번호가 매겨져 있다. 유일하게 모퉁이 모양 선이 아니라 번호 다음에 사선(/)으로 표시한 페이지가 12번과 18번 페이지다. 〈문장들〉에 이어지는 제목 없는 다섯 개 단문으로 된 12번 페이지는 다른 번호와 달리 잉크로만 매긴 번호이고, 원문의 잉크와 같은 잉크임을 고려할 때 저자가 매긴 번호가 분명하며, 원고의 종이는 위와 아래에 찢어낸 흔적이 있다. 18번 페이지도 마찬가지로 잉크로 매긴 번호이고 원고의 오른쪽 면이 찢어낸 곳인데, 이 부분은 〈페어리〉 원고지 윗부분으로 밝혀졌다. 랭보는 시를 옮길 당시 종이가 부족하여 비교적 짧은 시로 구성된 〈페어리〉 원고 윗부분을 찢어 이를 옆으로 직각으로 돌려세운 뒤 〈밤샘들〉의 I과 II를 옮겼다. 왼쪽 위에 12번과 사선을 매긴 원고와 오른쪽 위에 번호와 사선을 친 18번 원고는 따라서 저자가 나중에 삽입하거나 대체한 원고이기 때문에 다른 원고들과 번호 매김이나 모양이 달랐다고 할 수 있다. 따라서 24번까지 페이지 번호는 1886년 《라 보그》의 편집자들이 아니라 랭보나 누보가 매겼다고 봐야 할 것이다.

작품의 배열은 잡지와 전집의 발표순을 따르는 것이 연구자의 주관적 의도를 줄이는, 아마도 가장 중립적이고 신중한 입장이라고 할 수 있다. 스티브 머피의 지적대로 현재까지의 연구를 고려할 때 다른 결정적 요인이 없는 한, 최초의 발표순이 가장 적절한 배열순이라 생각된다. 이 책이 채택한 배열순도《일뤼미나시옹》이 처음으로 발표된 순서를 따르고 있다.

시공을 초월한《일뤼미나시옹》산문시의 "여행"

랭보의 삶의 흔적은 1871년 "나라는 것은 타자다Je est un autre"라는 선언에 걸맞게 작품 속에 직접적으로 반영되지 않는다.《일뤼미나시옹》에는 삶을 추억하며 시간을 거슬러 올라가는 서정적인 의미에서 '삶의 찬가'는 없다. 물론 예술가로 태어난 나의 타자화에서 '나'는 과거가 없는 존재도 아니며, 없어지는 것도 아니다. 다만 '다른 사람'으로 태어나기 때문에 과거의 나와 일치하지 않을 뿐이다. 그래도 그 흔적은 있다. 부모의 잦은 불화와 결별, 어머니 혼자 꾸려가는 지나치게 엄격한 가정에서 고아와 같던 고독한 운명의 어린 시절, 볼품없는 처지에도 세상을 뒤엎고 새롭게 변모시키는 투시자의 이상을 품었던 젊은 시절, 모든 시인을 동지로 만들고자 한 야심, 베를렌과의 결별로 더 진행되지 못한 문학적 생애, 이 모두가 판독하기 쉽지 않지만 마지막 시집 속에 다양한 암시와 흔적을 남기고 있다.

그러나《일뤼미나시옹》의 세계는 삶의 흔적에 기초한 어떤 이론이나 관점으로 소개할 수 없을 만큼 다양하고 풍부하다. 이 시집의 세계는 고대의 전설이나 신화의 준거에서 시작하여 현대적 사건에 이르기까지 그야말로 시공간을 초월한 인류의 대항해, 특히 정신의 차원에서 알려지지 않은 세상 끝에 닿으려는 대탐험처럼 다채롭다. 따라서 《일뤼미나시옹》의 '여행'은 다양한 해석이 존재할 수 있다는 전제하에, 몇몇 이정표를 세워 특별히 잘못 읽고 잘못 이해할 수 있는 길을 경계하면서 접근할 필요는 있다.

파멸과 새로운 시작, 대홍수

독자의 처지에서 볼 때 이 시집의 가장 큰 매력은 아마도 타자로 변신하고자 하는 열망이 아닐까 싶다. 랭보만큼 자신에 충실하면서 자신을 변화시켜 완전히 다른 사람, 즉 "**나**라는 것은 타자"를 실현하고 "삶을 바꾸"려고 애쓴 작가도 없을 것이다. 1871년 5월 투시자가 선언한 자아의 타자화는 기존 자아에 집중되고 회귀하는 자기중심적 자아를 추구하지 않는다. '나'로 시작하지만 다른 쓸모 있는 존재로 바뀌는 질적인 변화를 추구한다. 랭보 자신이 예로 든 비유를 소개하면, 자아의 타자화는 구리인 '내'가 '나팔'로, 또 나무인 '내'가 '바이올린'으로 태어나는 것과 같다. 이는 탈자아의 원리라고 할 수 있다. 변화의 의지는 비단 시인의 개인적 차원만이 아니라 범우주적 차원까지 이른다. 변화는 〈역사적 저녁〉의 "날려버린 지구의, 그 귀결인 멸종의 그 순간에, 성서도 노른들도 큰 악의 없이 지적한 확신들"이라는 세상의 종말이나 멸종의 차원까지 간다. 이는 대홍수와 함께 땅이 바닷속에 가라앉는, 신들마저 사라지는 라그나뢰크식 종말이 아닐 수 없다.

《일뤼미나시옹》의 대홍수는 여러 신화와 전설로 존재했던, 구세계의 종말과 신세계의 창조를 이행하는 '파멸과 생성'의 의미를 띤다. 랭보의 대홍수는 성서의 구원적 의미보다, 타락한 인류의 멸망과 새로운 인류의 탄생을 강조하는 측면에서, 오비디우스의 《변신 이야기》가 전하는 대홍수에 더 가깝다. 오비디우스는 인류가 모두 정의로워 해자垓字도 없고 경작하지 않아도 곡식이 자라는 황금시대, 처음으로 열기와 추위를 견디기 위해 움막을 짓고 씨를 뿌려 농사짓기 시작한 은의 시대, 거칠고 쉽게 무기를 들었으나 범죄와는 거리가 먼 청동 시대, 온갖 불법이 난무하고 진실과 성실은 사라지고 땅은 식량이 아니라 황금을 파느라 대지의 내장까지 거덜 내는 탐욕으로 전쟁이 끊이지 않는 철의 시대, 이 네 개의 시대를 거쳐 타락하기에 이른다. 철의 시대는 무기를 휘두르고 아들은 아버지를, 형제는 다른 형제를, 남편은 아내를, 아내는 남편이 죽기를 바라는 그야말로 인간 말종의 시대였다. 그리하여 모든 수단을 다 써도 소용없던 하늘의 신 옵피테르(제우스)는 치유할 수 없는 환부를 도려내고자 인간을 없애기로 마음먹는다. 오비디우스의 대홍수 이야기는 《일뤼미나시옹》의 대장정을 이해하는 데 매우 중요하다. 널리 알려진 이야기이지만 《변신 이야기》 초반이 전하는 대홍수의 내용을 좀 더 자세히 살펴보면 다음과 같다.

옵피테르는 벼락을 던지려고 했지만, 하늘의 축이 불에 붙어 무너질 수 있어 폭우를 내려보냈다. 남풍을 불러내고 무지개의 여신 이리스에게 물을 길어 구름에 양식을 대게 하고, 바닷물을 원군으로 동원했으며 강의 신들에게 수문을 열고 강둑을 무너뜨려 대지와 바다가 구별되지 않게 했다. 그리하여 생명체는 대부분 물에 빠져 죽었고 간신히 살아남은 것들은 기근으로 굶어 죽었다. 그러나 그 많은 남자 가운데 단 한 명의 남자와 수많은 여자 가운데 단 한 명의 여자만이 살아남았는데, 옵피테르가 보기에 둘 다 신을 공경하고 죄가 없었다. 바다의 신 넵투누스가 고둥을 불어 파도와 강물을 불러들였다. 살아남은 것은 프로메테우스의 아들 데우칼리온과 에피메테우스의 딸 퓌르라로 두 사람은 사촌 간이지만 인류의 유일한 부부가 되었다. 두 사람은 신탁을 통해 신의 도움을 구하고자 옵피테르의 아내이자 신탁의 신인 테미스 여신에게 기도했다. 물에 잠긴 이 세상을 도와달라는 기도에 감동한 여신은 두 사람이 신전을 나서자마자 머리를 가리고 옷의 띠를 푼 다음 위대한 어머니의 뼈를 등 뒤로 던지라는 신탁을 내린다. 어머니의 뼈를 던지는 것은 어머니의 혼백을 모독하는 것이기에, 신탁을 감히 이해하지도 감행하지도 못하고 고민하였는데, 프로메테우스의 아들은 아내에게 위대한 어머니는 대지이고 그 뼈는 대지의 몸속에 들어 있는 돌이며, 돌을 던지라는 명령이라고 풀이했다. 두 사람이 자신들의 발자국 뒤로 돌을 던지자, 돌은 딱딱함을 잃고 부드러워지면서 서서히 사람의 형체를 갖추었다. 돌 가운데 눅눅한 습기와 흙이 묻은 부분은 살로 변했고 딱딱한 부분은 뼈로 변했다. 남자가 던진 돌은 남자의 모습으로, 여자가 던진 돌은 여자의 모습으로 다시 태어났다. 그리하여 강인한 종족이 탄생했다. 여러 형태의 동물들은 대지가 저절로 낳았다. 오랫동안 남아 있던 습기는 태양의 열기로 데워지고 씨앗을 품어 다시 생명을 부여하는 토양이 되었다. 물과 불은 상극이지만 눅눅한 온기는 만물을 낳아 새로운 생명의 탄생에 기여했고 새로운 세상이 자리 잡게 되었다.

데우칼리온과 퓌르라의 신화는《일뤼미나시옹》의 〈어느 유일한 **이성**에게〉에서 "그대의 한 걸음은 새로운 인간들의 소집이고 이들의 전진이다. / 그대가 고개를 돌리면, 새로운 사랑! 그대가 고개를 다시 돌리면, — 새로운 사랑"의 파멸과 생성의 유일한 우주적 원리를 떠올린다. 대홍수는 이 파멸을 주도하는《일뤼미나시옹》의 동력인 동시에 신인류의 탄생을 인도하는 새로운 사랑의 시작이 아닐 수 없다.

랭보의 〈**대홍수** 이후〉는 성경의 의미와 관련지어 본다면, 반기독교적 조롱으로 시작한다. 창세기에서 조물주는 40일간 주야로 물을 쏟아 세상의 모든 것을 쓸어버리는데, 의로운 노아와 가족에게 방주를 만들라고 명하여 구원했다. 노아의 방주에 모든 동물과 새들이 수컷 암컷 쌍으로 찾아와 생명을 보존하게 했다. 창세기 9장에서 볼 수 있는 대홍수 이후 무지개의 언약은《일뤼미나시옹》의 〈**대홍수** 이후〉를 이해하는 실마리를 제시한다. 만물을 창조한 신은 대홍수가 끝나자, 노아는 물론 방주에 탄 모든 구원의 존재에게 대대로 영원히 세우게 하리라는 언약의 증거로서, 무지개를 구름 속에 두었다. 이 무지개가 신과 세상의 언약의 증거이며, 다시는 물이 모든 육신을 멸하는 홍수가 되지 않을 거라는 약속이었다. 따라서 신은 대홍수에 관한 생각을 품을 수 없게 되었다. 〈**대홍수** 이후〉의 첫 구절, "**대홍수**에 관한 생각이 영영 주저앉자마자"는 무지개의 언약을 부인할 수 없는 신의 모습을 조롱하고 있다.

《일뤼미나시옹》 시집을 여는 첫 시의 위상에 가장 어울리는 〈**대홍수** 이후〉는 단수의 대홍수와 복수의 대홍수에 유의해서 읽을 필요가 있다. 과거 수많은 복수의 대홍수가 있었고, 비록 성경의 말씀은 다시는 대홍수가 없으리라고 무지개의 언약을 내세우지만, 시인은 여전히 새로운 대홍수를 기다리고 있다. 현재의 인류는 어쩌면 《변신 이야기》의 대홍수처럼 새롭게 태어날 필요가 있을지 모른다. 따라서 〈**대홍수** 이후〉에서 복수의 대홍수는 매우 중요한 언어적 지표가 아닐 수 없다. 우리말 번역에서 복수의 표현은 사실 자연스럽지 않지만, 《일뤼미나시옹》에서 복수 표현은 매우 중요한 해석의 실마리를 제공하는 만큼 이를 언어적 지표로 드러낼 필요가 있다. 또한 랭보의 〈**대홍수** 이후〉는 성서는 물론 오비디우스의 대홍수와 같은 다양한 전설과 신화에 근거하고 있음에 주목할 필요가 있다.

다시 쓰는 생애

대홍수 이후 시인인 화자는 그 누구보다 먼저 새로운

세계의 새로운 인간의 위상에 맞게끔 삶을 다시 성찰하고 새롭게 규정할 필요를 느꼈을지 모른다. 《일뤼미나시옹》에서 작가의 삶을 떠올리는 일련의 시리즈는 매우 길게, 비중 있게 전개되고 있다. 5편 시로 구성된 〈어린 시절〉, 3편의 〈삶들〉, 4편의 〈젊은 시절〉이 그 시리즈다.

여기서 삶은 텍스트의 원본과 같은 의미가 아니라 재구성되는 새로운 삶의 밑그림으로 작용한다. 삶에 대한 기억도, 살았던 현실도 새롭게 다시 쓰는 삶의 단초나 재료가 될 뿐이다. 〈어린 시절〉 I의 "검은 눈에 노란 머리카락의 이 우상偶像"은 유년기의 인형처럼, 숭배하는 우상으로서 무엇보다 "부모도 궁전도 없"는 고아의 상황을 상징한다. 고아라는 상황이 시인으로서 삶의 출발점이라 할 수 있다. 랭보의 〈어린 시절〉에는 행복이 아니라 부정적인 어린 시절과 무無의 시간대가 들어선다. II에서 "죽은 작은 계집아이", "세상 하직한 젊은 어머니", 묘지가 들어선 "꽃무 핀 성벽"은 〈오 계절이여, 오 성이여Ô saisons, ô châteaux〉처럼 지난날의 성주와 기사, 백성들의 삶은 사라지고 없는 텅 빈 흔적에 불과할 뿐이다. 성당도 공원도 건물도 모두 텅 비어 있다. 어린 시절의 기억에 또렷이 낙인 찍힌 이 삶의 무상함은 지나간 삶의 부재가 주는 감흥이 아닐 수 없다. 부재의 장소를 탈출하고자 살아 있는 생명의 숲을 방황하는 방랑과 떠남도 혼자라는 고독을 피할 수 없다. 〈어린 시절〉 III의 "진흙 구덩이 하나에 하얀 짐승들 둥지 하나"가 암시하는 위험은 이미 시인의 삶에 내재한 근원적인 위험을 예고한다. 시인의 어린 시절은 한 마디로 "부두 방파제에 버려진 아이"처럼 버림받았다. 그리고 어떤 도시에서 임대한 지하 방은 무덤이 되어, 세상과 완전히 차단된다. 세상과 단절된 것이다. 이 차단되고 버림받은 삶에서 유일한 위안은 아마도 천장 모퉁이에 희미하게 밝아오는《일뤼미나시옹》의 빛일지도 모른다.

3편의 〈삶들〉은 시인이 문학적 생애를 완성한 직후 "동방 전체가 에워싼 장엄한 거처에서 난 내 무한한 작품을 완성했고 유명한 은거"를 선언하고 있다. 반면 〈젊은 시절〉은 〈삶들〉 이전의 마지막 치열한 열정의 순간, "하지만 너는 이 일을 하리라"는 결심을 재차 다진다. 스무살의 시인이 토로하는 "청춘의 끝 모를 에고이즘"과 "정말 열심인 낙관주의"의 이상은 이제는 덮어야 하는 결연한 의지가 느껴지는 순간이다. 창조적 충동들이 소진되고 "이 일"을 끝내면 세상은 어떻게 변할까? "세상으로 말할 것 같으면, 네가 나올 때 (…) 어떤 경우든 지금의 겉모습은 그 무엇도 남아 있지 않"게 될 것이다.

환각과 혼돈, 꿈의 언어를 좇는 몽환의 고문대

밤의 주제는 일반적인 예상과 달리 부정적 의미로만 작용하지 않는다. 낡은 세상의 파괴는 어둠과 밤의 혼돈과 모색에 바쳐진 시간이다. 밤의 혼란스러운 시간이 없다면 창조의 과정은 그 전제로서 기나긴 모순, 아픔, 방황, 심지어 피투성이 시험의 순간을 마치 없었다는 듯이 부정하는 것이 된다.《일뤼미나시옹》에서 파멸의 시간이자 준비와 모색의 시간으로서 〈밤샘들〉, 〈일반 서민의 녹턴〉, 〈역사적인 저녁〉의 밤의 의미를 간과한다면, 이 시집의 여명들이 제시할 수 있는 의미를 제대로 짚어낼 수 없을 것이다. 〈미의 존재〉, 〈왕좌〉, 〈도취의 아침나절〉, 〈문장들〉, 〈신비〉, 〈새벽〉은 물론이고 "애정이자 현재"인 동시에 "애정이자 미래"인 〈정령〉이 맞이한 "그의 밝은 낮"의 의미는 결코 알 수 없을 것이다. 밤의 의미는 〈왕좌〉의 화자가 마치 1,001일 동안의 밤을 지새운 뒤 동지들에게 자랑스럽게 밝히는 "계시"의 과정이자, "끝나버린 시련"이라는 점에서 중요하다. 그것은 〈밤샘들〉처럼 밤새 달아올랐던 화덕의 불판이 식어버리고, 환각과 무질서한 꿈 또한 사라지는 순간을 지나면서 맞이한 진짜 태양의 모습, "모래사장에 뜨는 실제 태양"이자 그 순간의 "여명의 유일한 풍경"에 대한 이해다. 어쩌면 이 현실의 태양에 도전하는 밤샘의 언어야말로 《일뤼미나시옹》이 획득한 시적 진정성이라 할 수 있다. 밤에 바쳐진 시들은 〈문장들〉이 적고 있는 아포리즘처럼, 먹물 향기의 검은 가루가 시를 짓는 주체 위로 스며들듯, "내 밤샘 위로 조용히" 내리는 비몽사몽의 고통 속에 피어난다. 밤샘은 검은 가루가 내리는 몽환의 시간일지라도, 가장 아름답고 황홀한 시의 언어를 얻는 순간이기도 하다.

> 나는 종에서 종으로 밧줄을 걸었고, 창문에서 창문으로 꽃줄을, 별에서 별로 황금 사슬을 둘렀다, 그리고 나는 춤춘다.

〈도취의 아침나절〉이 적고 있는 "몽환의 고문대"는 환각과 혼돈, 꿈을 언어로 붙잡으려는 시인이 겪는 밤샘의 의미를 엿보게 한다. "몽환의 고문대"에서 "고문대"의 원어인 "chevalet"는 여러 의미로 쓰이는 단어로서 '작업대', '화가畫架'를 가리키기도 하지만, 바이올린의 '줄받침'이나 '고문대'를 뜻하기도 한다. 특히 "chevalet"는 옛날 고문 도구의 하나로서 밧줄이나 수갑 같은 것으로 묶어 능지처참하듯 몸을 찢는 방식으로 작동한다. "몽환의 고문대" 자체가 《일뤼미나시옹》을 작업하는 화자의 극단적 고통을 암시한다.

《일뤼미나시옹》이 그려내는 난해한 꿈, 상상, 환각은 하시시와 같은 마약류로 수동적인 도취에 빠지는 것을 의미하지 않는다. 〈도취의 아침나절〉의 마지막 수수께끼 같은 구절 "이제는 **아사신**의 시간이다"는 '산의 노인' 하산 사바흐가 창단했다고 전해지는 이슬람 이단으로서 암살자를 뜻하는 아사신과 하시시 복용자를 뜻하는 프랑스어 아쉬생haschichin의 발음이 유사하다는 점을 염두에 두지 않으면 그 뜻을 짐작하기 힘들다. 시적 탐구의 화가이자 "몽환의 고문대"인 밤샘이 끝나는 아침나절은 무엇보다 창조적 도취로 성스러운 순간이다. 하시시나 마약, 술이 만든 인공의 도취는 창조의 성스러운 순간과 어울리지 못한다. 랭보 시의 도취는 "신이 창조한 우리 육체와 영혼이 초인이 될 거라는 약속"에서 알 수 있듯이, 니체보다 앞서 기존의 미숙한 인간이 아니라 창조주에 비견되는 초인으로 태어나는 기쁨을 옮기고 있다. "짧은 도취의 밤샘이여, 성스럽도다"라는 단언이 예고하듯, 《일뤼미나시옹》의 환각과 몽환의 풍경에는 비전이 될 수 없는 수동적인 환상이나 환각이 들어서지 못한다. 물론 대마초의 경험이 지성의 한계를 넓히는 창조적 도취에 어떤 역할을 담당할 수도 있지만, 시인의 도취이든 아쉬생의 도취이든 아사신들의 시간과 더불어 이들 도취는 더 지속되지 못한다. 밤과 낮의 경계에서 화자는 서둘러 모든 작업을 거둔다. 들라에에게 보내는 "Jumphe"의 편지처럼 이 아침에 "더 이상 작업은 없다."

산문시로 풀어낸 또 다른 삶의 무대들

사실 랭보의 작품에는 시를 제외한다면 일반적인 소설이나 희곡 작품은 없다고 할 수 있다. 그러나 소설이나 연극의 욕망이 없다는 것은 아니다. 압축적인 시는 삶의 복잡한 사연과 심경을 옮기는 데 적합하지 않다. 다른 인생, 다른 무대, 다른 시간과 다른 세계를 살고 싶은 근원적 욕망과 상상을 단순히 글로 재현하기보다 눈앞에서 공연하는 연극의 열망은《일뤼미나시옹》의 여러 시에서 확인할 수 있다. 시든 소설이든 연극이든 문학과 예술을 다른 삶에 대한 욕망이자 긍정적인 변화를 꿈꾸는 상상이라고 본다면, 랭보는 산문시라는 장르를 통해 소설의 욕망과 연극의 욕망을 어느 정도 풀어내고 있다. 〈어린 시절〉, 〈삶들〉, 〈젊은 시절〉이 시인의 삶을 둘러싼 소설 쓰기 욕망을 대체한다면, 연극과 관련된《일뤼미나시옹》의 시들은 가상의 현실에 대한 욕망을 드러낸다.

가령 〈일반 서민의 녹턴〉은 귀족들의 고상한 오페라와

달리 돈도 시간도 없는 서민들에게 벽난로가 열어 보인 오페라의 "틈brèches"에서 시작하는 상상과 꿈을 재현한다. 그러나 이 상상은 단순한 "내 잠 속의 영구마차"나 어리석었던 과거의 "목동의 집"과 같은 달콤한 서정적인 꿈으로 이어지지 않는다. 만약 이 꿈들이 시인이 원하던 진정한 꿈이라면 그렇게 이어지지는 않을 것이다. 〈역사적인 저녁〉은 진부하고 상투적인 오페라 코미크의 위험을 알린다. 이들 무대는 "우리를 어디에 내려놓든 늘 똑같은 부르주아 마술"처럼 진부한 무대가 아니라, 진정한 현실의 변화를 추구하는 역사적인 무대가 되어야 하기 때문이다. 《일뤼미나시옹》의 상상은 "폭풍우", "찰랑거리는 파도"가 배의 갑판을 뒤집는 파괴의 비전과 강박관념에서 결코 벗어나지 못한다.

연극 가운데 특히 17세기 말 이탈리아 극단의 추방과 더불어 태어나 18세기 초 파리의 생 제르맹과 생 로랑의 유명한 시장터를 중심으로 발전한 서민적인 오페라 코미크는 시인이 가장 관심을 둔 장르라 할 수 있다. 랭보의 후기 시와 오페라 코미크의 비교는 이 자리에서 간단하게 언급할 수 없을 만큼 심도 있고 방대한 연구가 필요하다. 웅장한 합창, 발레, 거대한 스펙터클과 심각한 주제를 내세우는 그랜드 오페라와 같은 특별한 지위의 오페라와 달리, 오페라 코미크는 노래와 대사(방백 포함), 춤을 번갈아 쓰며, 서민들의 취향에 맞는 음악, 춤, 기발한 무대 장치와 무대 장식을 토대로 이국 취향, 이상적인 전원 풍경, 요정 세계 등 신기한 상상력과 함께 일상적인 주제나

가벼운 대중적인 내용을 주로 전개한다. 랭보의 극예술은 귀족적이며 고전적인 오페라의 무대가 아니라 서민의 사랑을 받은 보드빌, 그림자극, 오페라 코미크 등 대중적인 무대에 더 끌린다. 오페라 코미크의 인기는 오늘날의 영화에 비견되는 가장 자유로운 표현 방식과 상상력, 재치 있는 임기응변과 웃음을 마음껏 발휘하여 서민의 열광적인 지지와 사랑을 받았다. 19세기까지 3세기 동안 오페라 코미크는 적어도 영화가 등장하기 전까지 대중적 취향의 발전과 더불어 큰 인기를 누렸다.

오페라 코미크의 무대인 〈겨울 축제〉, 대사와 방백을 통한 관중과의 화합은 추구하지만, 노래와 합창은 줄어들고 관람석을 기준으로 크게 양분되는 〈무대들〉이 오페라 코미크의 무대에 속한다. 수수께끼 같은 제목 〈H〉의 "오르탕스Hortense" 또한 오펜바흐의 오페라 코미크 《아름다운 헬레나》의 유명한 여가수, 오르탕스 슈나이데 Hortense Schneider의 이름를 상기시킨다.

채울 수 없는 은밀한 성적 욕망에 이끌려 "회청색 커다란 새"에서 "보랏빛 잇몸을 드러내"는 "큰곰", 그리고 유월의 어느 새벽 싸구려 창녀를 뒤쫓는 "당나귀"로 변신한 〈보텀〉은 셰익스피어의 《한여름 밤의 꿈》에 배우로 등장하는 인물의 이름이다. 헬레나의 전설적인 아름다움을 공연하기 위해 수액과 천체의 별들이 공모하는 〈페어리〉의 요정극도 연극 무대에 불과하다. 〈바퀴 자국들〉 또한 여름 새벽의 몽환이 채 가시기 전, 왼쪽 비탈의 어둠 속 수천의 바퀴 자국들이 떠올리는 요정들의 연극, 즉 요란하게 치장한 아이들과 장례 행렬이 펼쳐지는 전원극이다. 그리고 "나 혼자 이 야만적인 퍼레이드의 열쇠를 가진" 〈퍼레이드〉의 행렬도 정식 공연 전에 극장 길가나 테라스에서 시연을 벌이는 선전 퍼레이드다. 이 선전 퍼레이드는 '파라드parade'에서 파라디paradis로 이어지는 음성적 연상에 이끌려 하늘의 구름이 연출하는 공연으로 갑자기 무대를 바꾼다. 〈퍼레이드〉의 무대는 붉은 혁명의 하늘처럼 구름이 조성한 배우들이 분노하고 눈물과 핏물을 흘리며 일 분이든 몇 달이든 내내 조롱과 공포 분위기를 조성한다. 연극의 욕망은 시가 충족시킬 수 없는 또 다른 현실에 대한 꿈과 상상을 재현하고 펼친다.

메트로폴리탱의 도시들

《일뤼미나시옹》의 상상과 꿈이 만나는 공간 중 가장 큰 무대는 아마도 신세계 정복의 대항해 중에 기항할 수 있는 도시들일 것이다. "꿈속의 이 엘러게니산맥과 저 레바논산맥이 솟아난" 것은 밤샘의 몽환 또는 꿈에서 미국과 중동의 레바논에 이르기까지 새롭게 생성되는 지구의 모습이다. 이 새로운 공간은 〈메트로폴리탱〉의 "인디고블루 해협에서 오시안의 바다"에서 알 수 있듯이, 신대륙과 아시아의 인도 등에서 재배한 푸른 염료 인디고의 바다와 북유럽의 전설적인 시인 오시안의 바다로 이어지는 대항해 중에 방문한 도시일지 모른다. 신대륙의 탐험 또는 식민지 탐험의 역사를 떠올리는 이들 대항해는 초기 운문시의 걸작 〈취한 배〉의 항해와 무관하지 않다. 《일뤼미나시옹》의 탐험은 식민지 개척을 떠올리지만, 그보다 대홍수 이후 새로운 세상의 건설을 위한 신세계 탐험의 의미가 강하다고 볼 수 있다. 훈족을 피해 갈리아 지방으로 이주한 프랑크족, 부르군트족, 서고트족, 알라만족과 같은 게르만족의 민족 대이동을 떠올리는 〈정령〉의 "저 옛날 민족 대이동들"처럼《일뤼미나시옹》의 전체 시들은 "여행을 떠난다."

대항해 중에 방문한 몇몇 거점 도시는 신세계 도시의 면모를 보인다. 파리 또는 런던 같은 유럽 도시의 기억을 재구성한 듯한 몇몇 메트로폴리스는 새로운 세상의 중요한 특징 또는 요소를 위해 동원되었다고 볼 수 있다. 처음 세워질 때부터 현대적으로 조성된 〈도시〉에는 "미신에 바친 건축물"도 없으며, 화자는 "처음 세워질 때부터 현대적인 어떤 메트로폴리스의 큰 불만 없는 시민"이다. "나는 하루살이"로 시작하는 비슷하고 평등한 사회의 〈도시〉는 확실히 토머스 모어의《유토피아*Utopia*》를 떠올린다. 그리고 동방의 어느 도시의 변혁 운동과 더불어 시인의 "최소한의 움직임"이 "생겨나는" 〈도시들 [II]〉은 비너스의 영원한 탄생으로 선단船團의 브라스밴드가 자리하고 소라고둥 소리가 울린다. 이 유토피아 도시들은 〈도시들 [I]〉의 "공식적인 아크로폴리스"처럼 높은 곳에 현대적이면서 웅장하고 거대한 신전을 세운다. 물론 이들 도시가 유토피아의 모습만을 간직한 것은 아니다. 가난한 체크무늬 면 치마를 두른 헨리카를 만나는 〈노동자들〉의 탐욕스러운 도시는 지독한 수전노의 나라로서 치

떨리는 가난한 삶을 겪게 한다. 런던의 기억을 떠올린 것일 수 있는 〈도시〉의 후반부는 검은 석탄 연기의 불길한 운명을 예고하고 있다.

그러나《일뤼미나시옹》의 항해는 다마스쿠스, 라인강, 일본을 넘어 남미의 브라질, 파라과이, 아르헨티나의 과라니 인디언의 새로운 유토피아 식민지possessions를 꿈꾼다. 17세기와 18세기 예수회 신부들이 남미 과라니에 세운 식민지는《일뤼미나시옹》의 여행이 도착할 새로운 유토피아의 하나일지 모른다. 그리하여 〈메트로폴리탱〉의 "그리스 로마 고대인들 음악의 주제가 되기에 더할 나위 없는 선계의 귀족적인 유토피아 식민지"를 탐험하는 처절하고 힘든 항해는 계속된다. 이 항해는 사실 움직임, 운동 그리고 이동을 뜻하는 〈이동〉의 'Mouvement'에서 알 수 있듯이, 대홍수의 방주에 올라탄 여행객들이 신세계 정복을 위해 떠난 이주의 여행이다.

이들은 개개인의 화학적 부를 추구하는
세계의 정복자들,
스포츠와 안락이 이들과 함께 여행한다.
종족과 계급과 짐승들의 교육을
이 배에 싣고 간다.
대홍수의 빛에는,
끔찍했던 연구의 밤에는,
휴식과 현기증.

또한 이탈리아, 영국, 미국을 떠올리지만, 그 어느 곳도 아닌 항해 도중에 기항한 곳은 귀족적인 부와 호사가 무엇인지 알게 한다. 대홍수 이후, 지축을 뒤흔든 저녁과 황금 여명의 새벽을 보낸 뒤, 운 좋게 우리의 범선이 피신한 〈곶〉은 "에페이로스와 펠로폰네소스반도만큼, 또는 일본의 큰 섬만큼, 아니면 아라비아반도만큼 광활한 곶을 구성하는 저 빌라와 부속 건물들" 그리고 "팔레 프로몽투아르" 호텔이 들어선 곳이다. 곶 전체가 호텔 건물로 이루어진 듯, 풍요, 사치, 안락으로 가득한 호텔은 "눈부신 조명, 마실 것들, 고급스러운 산들바람 가득한 호텔의 창과 테라스"와 함께 벌써부터 《일뤼미나시옹》 여행객들의 마음을 사로잡는다.

《일뤼미나시옹》의 고독과 불가능한 사랑

랭보의 《일뤼미나시옹》이 떠난 대장정에서 세상 끝은 어디일까? 〈대홍수 이후〉의 카라반들이 묵게 될 "스플랑디드 호텔"은 아마도 빙산과 극야의 극지이자, 어둠의 심연과 영원한 혼돈이 도사리는 세상 끝에 위치할 것이다. 이 화산과 얼음의 극지는 《일뤼미나시옹》에서 파멸과 탄생의 전환이 이루어지는 곳이다. 〈야만〉은 이런 면에서 시사하는 바가 크다. 왜냐하면 여러 날과 계절을 보내고, 여러 사람과 나라를 지나친 대항해의 방주가 도달한 극지의 바다이기 때문이다. "북극의 바다와 꽃이 빚어낸 비단 위에 피 흘리는 고깃덩이의 깃발"은 〈꽃들〉처럼 여명의 바다가 뜻밖에 붉은 꽃으로 피워낸 파도와 거품의 정경을 그린다. 극지 여명의 바다가 품은 핏빛의 꽃은 생생하다 못해 처절할 정도로 아름답다. 단어의 일상적인 의미를 내세워 왜곡하는 기이하고 혼란스러운 언어 사용법은 일반적인 독서 방식을 뒤흔든다. 〈꽃들〉의 꽃이 현실에서 보는 실제 꽃이 아니듯, 〈야만〉 또한 문명의 반대가 아니라 새로운 문명의 탄생을 뜻한다. 〈야만〉의 파멸과 묵시론적 창조가 이루어지는 장면에는 여성적 본질인 "**감미로움**"이 들어선다. 마지막 구절, "북극의 화산과 동굴의 바닥에 도달하는 여성의 목소리"는 피를 철철 흘리는 극지방 새벽 바다에서 불카누스의 화산이 깊이를 모르는 여성성의 동굴과 합일하는 순간, 새벽의 여신이 흘려보내는 소리가 아닐 수 없다. 극지 여명의 바다와 화산이 뒤엉켜 합일하여 이루고자 하는 것이 있다면, 그것은《일뤼미나시옹》의 세계가 구축하는 새로운 사랑일 것이다.

하지만 〈야만〉의 비너스와 불카누스가 빙산의 극지에서, 세상의 끝에서 이루게 될 합일의 감미로운 소리가 아련한 공허한 메아리로 들리는 것은 왜일까? 〈야만〉의 극지 새벽 바다에서 붕괴하는 세계와 더불어 비너스와 불카누스의 합일이 예고하는 신세계의 건설, 이 장엄한 현장에 누가 있는가? 화자인 시인만이 이 현장에 있다.《일뤼미나시옹》의 묵시론적 정경 이면에 독자가 종종 목격하게 되는 것은 홀로 남은 화자의 그림자가 아닐 수 없다.

인간적인 정경은 거의 들어서지 못하는《일뤼미나시옹》에 극지가 대변하는 극도의 고독, 슬픔과 애정이 교차하는 분위기는 정말 많은 것을 생각하게 한다.《일뤼미나시옹》은 형제애와 인류애의 희구와 외침으로 가득하지만, 실제로 이 세계에 등장하는 화자는 다수가 아니라 혼자일 때가 많다.

대다수 연구자가 랭보와 베를렌의 모습을 보게 되는 〈방랑자들〉은 이런 점에서 시사하는 바가 크다. 이 시에서 간접화법이지만 인용부호도 접속사도 없어 화법임을 알기 힘든 자유로운 형식의 자유간접화법이 아니라 큰따옴표로 강조한 자유간접화법에 담은 인용문은 확실히 지옥으로 대변되는 문학적 삶의 동반자이자 연인인 베를렌을 떠오르게 한다. 본 번역에서는 자유간접화법을 인용부호 있는 간접화법으로 번역한 "내가 그 계획을 열심히 검토하지 않았다고. 자신이 마음이 약한 것을 가지고 놀았다고. 내 잘못으로 우리가 유배 상태로, 노예 상태로 돌아가고 말 거라고", 라는 말은 누구의 말인지 혼란스럽게 만드는 자유간접화법의 인칭 사용과 더불어 "가련한 형제"의 몰이해와 결정적 균열을 암시하고 있다. 특히 인용문의 불쌍한 친구는 "희귀한 음악 밴드 악단이 떼 모양으로 무리 지어 가로지르는 들판 너머로, 미래의 사치스러운 밤의 유령들을 창조"하는 화자의 늦은 밤샘을 이해하지 못하고, "매일 밤 내가 잠들자마자, 불쌍한 친구는 썩은 입에, 두 눈 뽑힌 얼굴로 일어나서는, — 꿈에서 본 자기 모습 그대로다! — 나를 방으로 끌고 가더니 바보 같은 슬픈 꿈 이야기로 울부짖곤 했다." 두 사람의 "이상한 부부" 관계는 "태양의 아들 그 최초의 상태로 되돌리겠다"는 화자의 오랜 맹세와 달리 실패로 끝나버린다. 이미 두 사람의 관계는 브뤼셀의 사건과 함께 끝났다.

《일뤼미나시옹》의 세계는 한편으로는 찬란하고 급격하며 화려한 동적인 세계를 펼쳐 보이지만, 근본적으로 고독한 세계다. 아무도 없다는 것은 단순한 외로움이 아니라 돌이킬 수 없는 내면의 균열과 상처로 각인되고, 어쩌면 화자는 자기 분신을 제외한 그 누구도 만날 수 없는 심리적으로, 정신적으로 극지나 오지에 놓인다. 일상의 내가 창조적 타자를 사랑한다는 것은 결국 자기애의 비극이 아닐 수 없다. 분신의 아름다움에 반해 자신과 사랑에 빠지는 일은 〈콩트〉가 지적하듯 "본질적으로 건강한 상태에서 소멸"되어야 할 것이다. 화자가 'génie(정령)'를 처음으로 만나는 〈콩트〉는 결국 자기 자신을 사랑의 대상으로 삼는 자위의 세계라 할 수 있다.

"**왕**과 **정령**은 분명 본질적으로 건강한 상태에서 소멸" 한다는 수수께끼 같은 구절의 의미는 왕이 정령이고 정령이 왕인 이들의 애정을 염두에 둘 때 이해할 수 있다. 〈콩트〉의 모티브는 '아라비안나이트'로 알려진 《천일야화*Les Mille et Une Nuits*》에서 왔다. 잘 아는 이야기이지만 《천일야화》의 이야기를 〈콩트〉와 비교하면, 《일뤼미나시옹》이 어떤 식으로 상호텍스트성을 갖고, 또 평범한 이야기를 어떻게 이해하기 힘든 기이한 난해시 속에 불러들이는지, 《일뤼미나시옹》 글쓰기의 어떤 단면을 엿볼 수 있다. "그를 알던 여자는 모두 살해"한 〈콩트〉의 왕은 《천일야화》의 여자와 하룻밤만 보낸 뒤 죽이는 왕 샤리아르를 닮았다.

랭보의 마지막 시집은 애정과 사랑이 넘쳐나지만, 그 대상은 불분명하거나 실제로 존재하지 않는다고 할 수 있다. 《일뤼미나시옹》에는 일반적인 남녀의 사랑은 부재한다. 〈이동〉의 "한 쌍의 청춘"도 청춘 남녀인지 확실하지 않다. 〈고대〉의 이중의 성을 지닌 목신 판의 아들이라든지, hors(밖으로) + tense(긴장한)의 조합이 암시하는 〈H〉의 오르탕스Hortense, 왕과 정령의 건강할 수 없는 애정을 예감하는 〈콩트〉 등은 모두 화자의 극단적인 고독을 이해하지 않고는 읽어낼 수 없다. 회청색 새, 보랏빛 잇몸으로 침 흘리는 큰곰도 거부당한 욕망의 한계를 감추지 못하며, 보텀처럼 변신한 당나귀도 기껏해야 교외의 매춘부들 사빈에게 안길 뿐, 어디에도 마음과 육체가 일치하는 사랑은 없다. 〈어린 시절〉은 사랑의 부재를 숙명으로 확인한다. 노란 머리카락의 인형처럼 "사랑하는 육체"와 "사랑하는 마음"은 분리되고 죽어버려 지긋지긋한 운명의 권태가 된 지 오래다. 사빈들에게 안기는 보텀, 오르탕스, 〈콩트〉의 왕과 정령 모두 정상적인 육체와 마음의 일치와는 거리가 멀다.

《일뤼미나시옹》에서 어쩌면 가장 고독하고 처절한 사랑의 위기는 극지의 〈기도〉가 적고 있는 "향유고래의 용연향과 정액인 그녀의 애정son cœur ambre et spunk"일지 모른다. 사랑의 위기는 영어 비속어 "spunk"에 담긴 '사정', '정액'이 암시하는 의미에 숨겨져 있다. 〈기도〉의 화자가 "이 어둠의 지역처럼 말 없는, 이 북극의 혼돈"이 "열 달의 붉은 밤처럼 붉게 빛나는 높은 빙산의 시르세토"에게 외치는 애정은 절망적인 자위에 불과할지 모른다. 키르케Circé의 고래Ceto, 즉 시르세토Circeto의 조합은 내장 분비물인 용연향ambre과 정액spunk으로 마감하는 처절한 고독을 엿보게 한다. "그녀[시르세토]"와 벌이는 애정 행위는 사실 그녀의 부재 속에 이루어진다.《일뤼미나시옹》에 등장하는 수수께끼 같은 모든 여성의 이름과 더불어 대문자로 강조한, 어쩌면 사랑의 대상인 여성성의 현신이자 시 자체인 "**그녀**"의 존재는 화자의 고독과 처절한 사랑의 부재를 부각시킬 뿐이다. 이런 측면에서 〈방랑자들〉에서 볼 수 있는 "가련한 형제"와의 결별은《지옥에서 한 철》과 마찬가지로《일뤼미나시옹》의 고독을 이해하는 결정적 단서를 제공한다. 화자 주위에는 친구든 연인이든 그 누구도 없다.

새로운 세상을 향해

그렇지만《일뤼미나시옹》의 세계는 모든 진정한 시가 그렇듯 부정적인 어둠에만 함몰되지 않는다. 파멸과 동시에 새로운 세계의 창조가 분명 존재하고, 단순한 전설이나 신화와 달리, 랭보 시가 염원하는 어떤 힘, 열망, 좌절과 희망의 언어로 절실히 요청하는 시적 근원이 있다. 이

변신, 변모, 변화는 변화하는 과정 자체인 만큼 일반적인 언어로 표현할 수 없다. 기호로서 언어의 고정된 의미, 안정적인 사용법은 그만큼 동적인 직관이나 생각을 표현하기 힘들다. 〈방랑자들〉의 화자가 "장소와 문구"를 찾아 헤매는 것도 이런 연유라 할 수 있다. 《일뤼미나시옹》의 모든 시는 시인이 구하고자 하는 "장소와 문구"의 수수께끼를 담고 있다. 그러나 《일뤼미나시옹》의 여행에 대홍수의 시작이 있다면, 그 끝도 있다고 할 수 있다. 신세계는 아마도 《일뤼미나시옹》이 도달하고자 하는 메트로폴리스, 즉 '母-都市(ville-mère)'가 들어설 "라인강 너머, 일본, 과라니에 위치한, 여전히 그리스 로마 고대인들 음악의 주제가 되기에 더할 나위 없는 선계의 귀족적인 유토피아 식민지"를 닮았을 것이다. 새로운 세상은 방주의 다른 무리와 떨어져서, 〈야만〉의 풍경을 연상시키는 "피여, 그리고 꽃이여, 불이여, 보석이여"의 무대가 마련되는 공연장, 어쩌면 여명의 바다를 바라보는 〈이동〉 속 한 쌍의 청춘이 맞이하는 곳일 수 있다. 〈이동〉은 새로운 세계의 장관을 바라보는 이들 한 쌍이 부르는 노래를 《일뤼미나시옹》의 하늘로 울리게 한다. 《일뤼미나시옹》의 세계에 처음으로 한 쌍의 커플이 평화롭게 노래하는 행복한 모습을 볼 수 있다. 그만큼 〈이동〉의 커플은 불가능한 한 쌍이 아닐 수 없다. 만약 《일뤼미나시옹》의 항해가 도달한 지점이 있다면, 그것은 아마도 〈이동〉의 이주가 다다르게 될 도착지일 것이다. 이런 측면에서 〈정령〉과 〈이동〉이 전하는 환희의 노래는 매우 이례적이다.

하지만 독자는 이 한 쌍의 청춘이 대홍수 이후에 살아남은 데우칼리온과 퓌르라인지, 같은 차원의 다른 누구인지 알 길이 없다. 분명한 것은 분신이자 타자인 '나'의 정령은 그 자리에 남아 있다는 것이다. 〈정령〉에서 비로소 모든 밤은 낮으로 바뀌고 진정으로 새로운 낮을 맞이하게 된다. 여신과 함께 잠든 후 깨어나니 정오라는 〈새벽〉의 아이가, 다시 아무런 변화도 없는 세계를 맞이하게 되는 검은 낮의 시간 속에, 완전히 다른 차원의 시간이 들어서기 시작한다. 〈새벽〉의 아이와 달리, 〈정령〉은 새롭게 시작하는 진정한 '낮'을 향해 힘차게 떠날 수 있다.

> 그의 발걸음! 저 옛날 민족 대이동들보다 더 어마어마한 이주.
>
> 오 그와 우리! 잃어버린 이웃 사랑보다 더 자애로운 자부심.
>
> 오 세상이여! — 그리고 새로운 불행의 맑은 노래여!
>
> 그는 우리를 모두 알았고 우리를 모두 사랑했다. 우리 모두, 이 겨울밤, 곶에서 곶으로, 소란스러운 극지방에서 성채로, 군중에서 바닷가로, 시선에서 시선으로, 힘과 감정이 소진되었어도, 그를 소리쳐 부르고 그를 보자, 그리고 그를 다시 보내자, 파도 속으로도 눈 덮인 오지의 꼭대기로도, 그의 시선, 그의 숨결, 그의 육체, 그의 낮을 따르자.

그러나 〈정령〉 혼자 이 어둠을 건너갈 것이다. 바다와 태양이 합일하는 '영원'의 세계에 마지막 시의 힘을 부여

받을 주인공은 화자가 아니라 화자의 '정령'이다. 정령만 이 떠나게 되는 신세계에 울리는 노래는, 기존의 '나'는 사라지고 없을 수 있는 "새로운 불행의 맑은 노래"이지만, 이 세계는 너무나 풍요롭고 아름답다. 〈바겐세일〉의 판매자들이 아무리 팔아도 무궁무진한 새로운 세계. 비록 '나'는 거기까지 가지 못할지라도 '나'의 정령은 이 "장소와 문구" 속에 영원히 살아남게 될 것이다. 〈정령〉의 본질은 "꿈꾼 해방"으로서 "온갖 오래된 굴종과 형벌"을 벗어난 완벽한 사랑이자 현재와 미래의 현신이 아닐 수 없다. 독자로서는《일뤼미나시옹》의 세계가 시인의 절필로 끝나는 문학의 청산인지 아닌지 쉽게 답하기 힘들다. 왜냐하면,《일뤼미나시옹》의 〈정령〉은 당당한 승리의 외침과 환희를 드러내지만, 독자는 화자가 마련한 "장소와 문구" 속에서 어떤 분리, 이별을 예감할 수밖에 없기 때문이다.《일뤼미나시옹》을 읽게 될 독자는 어떤 식으로든 랭보의 마지막 시집에 대해 명확하고 쉬운 결론을 내릴 수 없을 것이다.

시는 말라르메의 〈시의 기부Don du poème〉의 관점에서 본다면, 아버지인 시인이 밤을 새워 세상에 탄생시킨 아이이자, 신이 축복으로 내린 선물인 'don'이다. '시의 기부'는 시인이 새벽까지 밤을 새워 끙끙 앓으며 세상에 탄생시킨 새로운 생명으로서 언어다. 'don'은 '주다'라는 동사에서 나왔다. 시를 쓰는 것은 앞도 뒤도 생각할 것 없이 세상에 뭔가를 주는 행위이며 특히 소중한 것을 바치는 제의적 봉헌이다. 이 생명은 어쩌면 어둠과의 불륜의 결과일지 모르는 위험한 생명이 될 수 있지만, 가장 비참하고 이해받지 못한 어떤 존재가 세상에 줄 수 있는 가장 소중한 것이다. 시인으로서 시를 쓰는 행위는 무엇보다 용기가 필요한 행위이자 결단의 행위이며, 궁극에는 형제애의 산물로서, 자신을 태워서라도 타인에게 주는 어떤 기부라 할 수 있다. 시는 원래 기부, 박애, 사랑 등 타인을 향한 예술의 근원적 열림인데, 오로지 자기 속에 갇혀 충족되고 위로받는 존재론적 자폐증을 상처로 간직한다.

랭보 시의 자폐증, 또는 자위와 고독이 개인적 처절함으로 끝나지 않는 것은 공공의 재산을 활용하기 때문이다. 바로 언어다. 그러나 언어를 사용해서 위로받고자 한 것은 아니다. 언어 이상의 것을 선물하고 기부하기 때문이다. 랭보 시가 우리에게 기부하고자 하는 것이 무엇인지 모른다면 우리는 랭보를 이해하지 못했고, 말라르메 시가 우리에게 기부하는 것이 무엇인지 모른다면 우리는 말라르메를 이해하지 못했다고 할 수 있다. 그리고 시의 선물은 느낀다면 그것만으로 충분하다. 뭔가를 주었고 받을 수 있다면 그것으로 이미 행복하다.

《일뤼미나시옹》이 마지막 시집이라 할지라도, 창작 시기와 관련해서 《지옥에서 한 철》과 비슷하게 진행되었다고 보는 것이 절대적으로 불가능한 것은 아니다. 두 시집은 쌍둥이 형제처럼, 또는 그림자와 빛이라는 불가분의 표리表裏 구조처럼, 같지는 않지만 분리되지 않는 세계를 구성하고 있다. 어둠과 빛은 다르더라도 따로 존재하지 않듯이, 결코 분리되어 존재할 수 없는 랭보 시의 세계를 구성한다. 그러나《일뤼미나시옹》의 창작 시기가《지옥에서 한 철》과 중첩될 수 있다는 가정이 불가능하지 않더라도, 1873년에서 1874년 사이《지옥에서 한 철》의 출간 이후에 깨끗하게 정서한, 뒤늦은 작품집이라는 점에서, 어떤 수정, 미묘한 방향 전환,《지옥에서 한 철》의 결정적 행위 이후의 회한 또는 복잡한 심경의 변화를 상정할 수 있다. 이러한 변화는 텍스트 자체에 집중하는 독자만이 다양한, 그리고 근원적인 미묘함을 탐닉할 수 있다. 또 독자가 이러한 변화를 읽는다는 것은 5년여의 짧은 문학적 생애에도, 누구보다 깊고 다양한 밀도 있는 삶을 산 젊은 시인의 마지막 시집이 마련하는 벅찬 슬픔과 감당할 수 없는 외로움, 어떤 승리의 환희를 시의 선물로 받아들이는 거라 할 수 있다.

참고문헌

Arthur Rimbaud, *Œuvres complètes,* par André Roland de Renéville et Jules Mouquet, Gallimard, 1951(1946).

________, *Lettres du voyant (13 et 15 mai 1871),* éd. et commentées par Gérald Schaeffer, *La Voyance avant Rimbaud* par Marc Eigeldinger, Genève, Droz, 1975.

________, *Illuminations,* éd. critique par André Guyaux, La Baconnière, 1985.

________, *Œuvres de Rimbaud,* par Suzanne Bernard et André Guyaux, Classiques Garnier, nouv. éd. revue, 1991(1960).

________, *Œuvres III, Illuminations, suivi de Correspondance (1873-1891)*, par Jean-Luc Steinmetz, GF-Flammarion, 1989.

________, *Œuvres complètes*, par Pierre Brunel, Librairie Générale Française, 1999.

________, *Œuvres complètes IV Fac-similés*, éd. critique avec introduction et notes de Steve Murphy, Honoré Champion, 2002.

________, *Eclats de la violence. Pour une lecture comparatiste des* Illuminations *d'Arthur Rimbaud*, éd. critique commentée par Pierre Brunel, José Corti, 2004.

________, *Œuvres complètes*, par André Guyaux, avec la collaboration d'Aurélia Cervoni, Gallimard, 2009.

Maurice Blanchot, *L'Entretien infini*, Gallimard, 1969("L'Œuvre finale", p. 421-431 ; publié auparavant dans la *Nouvelle Revue française*, 1961, p. 458-495).

Henry de Bouillane de Lacoste, *Rimbaud et le problème des* Illuminations, Mercure de France, 1949.

René Etiemble, *Le Mythe de Rimbaud. Genèse du Mythe (1869-1949)*, Gallimard, 1968.

André Guyaux, *Poétique du fragment*, La Bacconière, 1985.

Albert Henry, *Contributions à la lecture de Rimbaud*, Académie royale de Belgique, 1988.

Jean-Jacques Lefrère, *Arthur Rimbaud*, Fayard, 2001.

Steve Murphy, «Les *Illuminations* manuscrites», *Histoires littéraires*, n° 1, 2000.

________, *Stratégies de Rimbaud*, Honoré Champion, 2004.

Pierre Petifils, «Les manuscrits de Rimbaud», *Etudes Rimbaldiennes 2*, Minard, 1970.

Isabelle Rimbaud, *Reliques*, introduction de Nicolette Hennique, préface de Marguerite-Yerta Méléra et appendice de Marguerite Gay, Mercure de France, 1922.

아르튀르 랭보, 《나쁜 혈통》, 함유선 역, 밝은세상, 2005.

__________, 《랭보 시선》, 곽민석 역, 지만지, 2010.

__________, 《나의 방랑: 랭보 시집》, 한대균 역, 문학과 지성사, 2014.

클로드 장콜라, 《랭보. 바람구두를 신은 천재 시인》, 1, 2, 정남모 역, 책세상, 2007.

김종호, 〈랭보의 시집 *Illuminations*의 번역, 문제와 선택〉, 《프랑스학연구〉, 프랑스학회, 37집, 2006.

신옥근, 〈랭보의 마지막 작품에 대한 최근의 가설과 출판의 관점〉, 《한국프랑스학논집》, 한국프랑스학회, 74집, 2011.

__________, 〈랭보의 1871년 5월 15일 voyant의 편지 연구: 번역과 주해〉, 《프랑스문화예술연구》, 프랑스문화예술학회, 51집, 2015.

앙투안 갈랑(편), 《천일야화》, 임호경 역, 열린책들, 2010.

오비디우스, 《변신 이야기》, 천병희 역, 숲, 2판, 2017(2005).

아르튀르 랭보 연보

1854년	10월 20일 프랑스 북부 아르덴 지방, 오늘날의 샤를빌 메지에르의 샤를빌에서 아버지 프레데릭 랭보와 어머니 비탈리 퀴프의 둘째 아들로 태어난다. 보병 부대 대위였던 아버지는 가정사에 무관심했고 어머니는 독선과 신앙심이 강한 농촌 소지주의 딸이었다.
1857년(3세)	첫째 여동생 빅토린 폴린 비탈리가 태어났으나 한 달 만에 사망한다.
1858년(4세)	둘째 여동생 잔 로잘리 비탈리가 태어났으나 1875년 12월 17세에 사망한다.
1860년(6세)	셋째 여동생 이자벨 랭보가 태어난다. 훗날 이자벨 랭보는 '랭보의 침묵'과 '가톨릭 개종'이라는 랭보의 신화를 만들어 랭보에 대한 잘못된 이미지를 유포하는 데 결정적인 역할을 한다. 잦은 주둔지 이동과 성격 차이로 부모가 완전히 별거하고, 이후 랭보는 아버지의 부재와 가정을 지키기 위해 엄격함과 신앙을 내세운 어머니 밑에서 자라게 된다.
1862년(8세)	로사 학원에 입학하여 우등생으로 많은 상을 받았고 데생과 작품 습작을 시작한다.
1863~1864년 (9~10세)	〈서문〉이라는 글을 이 시기에 쓴 것으로 추정하고 있다. 〈서문〉은 멋진 장교 아버지와 다정한 어머니를 둔 한 아이가 아주 열심히 공부하지만 왜 공부해야 하는지 고민하는 내용을 담고 있다.

1865년(11세) 샤를빌 시립학교로 전학한다. 이 시기에 라틴어 시를 쓰기 시작한다.

1870년(16세) 〈고아들의 새해 선물〉이라는 첫 프랑스어 시를 잡지에 발표한다. 이후 파르나스 시인들을 대표하는 테오도르 방빌에게 〈감각〉, 〈오필리아〉, 〈유일한 여성에의 신앙〉 세 편의 시를 동봉하여 《현대 파르나스》에 실어달라는 편지를 보낸다. 8월에 파리 시인들의 도움으로 문단에 등단하기 위해 첫 번째 가출을 감행하지만, 기차비 부족으로 체포되었다가 샤를빌로 돌아온다. 10월에 두 번째 가출을 감행한다. 랭보의 샤를빌 중학교 수사학반 선생님 이장바르의 친구이자 시인인 폴 드메니를 만나 그동안 쓴 22편의 시를 정리하여 이른바 '드메니集'을 맡긴다. 어머니의 요청을 받은 경찰에 이끌려 11월에 고향으로 돌아온다.

1871년(17세) 2월에 세 번째 가출을 감행한다. 돈 한 푼 없이 파리에서 새로 나온 책들을 살피며 거리를 배회하다가, 한 달 후 파리에서 샤를빌까지 걸어서 돌아온다. 도서관에서 티에르와 미슐레 같은 역사가, 프루동과 루이 블랑 같은 사회주의자 저서와 베를렌의 시를 읽는다. 3월 18일, 파리 코뮌이 일어나자 기뻐하며 열렬한 지지를 보낸다. 〈파리의 군가〉, 〈잔 마리의 손〉, 〈파리의 향연 또는 파리의 인구는 다시 불어난다〉 같은 시를 통해 과격한 코뮌파의 열정을 드러낸다. 한편, 시에 대한 새로운 생각을 표현한 '투시자의 시학'을 펼치며 이장바르와 폴 드메니에게 편지를 보낸다. 그리고 폴 드메니에게 1870년 10월에 준 시를 모두 태워버리라고 요청하면서 〈일곱 살의 시인들〉, 〈교회의 빈민들〉, 〈어릿광대의 심장〉을 보낸다. 방빌에게도 〈꽃에 대해 시인에게 말한 것〉을 보낸다. 투시자의 편지가 산문으로 쓴 시학이라면 〈꽃에 대해 시인에게 말한 것〉은 전통적인 시를 조롱하고 비판하면서 세상에 쓸모 있는 새로운 가치가 될 시를 알레고리로 제시한다. 9월 중순, 베를렌의 초대로 〈취한 배〉를 들고 파리로 가서 베를렌과 쥐티스트 그룹 시인 모임에 참여하지만, 무례하고 눈살 찌푸리게 하는 행동으로 주변과 자주 불화한다.

1872년(18세) 베를렌과 카페를 들락거리면서 무절제한 생활을 한다. 신혼이던 베를렌이 부인과 사이가 나빠지자, 베를렌이 부인과 화해할 수 있도록 잠시 고향으로 돌아온다. 하지만 몇 달 후, 다시 파리로 돌아가 파격적이고 자유로운 형식의 운문시를 쓴다. 베를렌과 즉흥적으로 기차를 타고 브뤼셀로 떠나 브뤼셀의 코뮌파들을 만난다. 이후 런던으로 가서 보헤미안처럼 돌아다니며 파리 코뮌 망명 작가들을 자주 만난다.

1873년(19세) 가족에게 예고도 없이 고향인 샤를빌 근처 로슈의 농가로 돌아와《지옥에서 한 철》로 출간될 "이교도 책" 또는 "니그로 책"을 집필한다. 샤를빌과 가까운 벨기에 남부 부이용에서 베를렌과 만나 다시 런던으로 가지만, 다툼이 잦아지고 화가 난 베를렌이 브뤼셀로 떠난다. 이후 랭보도 브뤼셀로 가지만 다시 격렬히 다투고 랭보가 떠나겠다고 하자 베를렌이 권총 두 발을 쏜다. 왼쪽 손목 부상으로 응급 치료를 받은 후 병원에서 나오지만, 광장에서 주머니에 손을 넣고 만지작거리는 베를렌의 모습에 다시 위협을 느껴 근처 경찰에게 신고하고 베를렌은 체포된다. 이로써 두 사람의 관계는 끝난다. 베를렌은 총기 사고와 동성애로 2년 동안 감옥에 갇히고 랭보는 로슈의 농가로 돌아와《지옥에서 한 철》을 완성한다. 벨기에 작크 푸트 출판사에서 자비로 500부 출판하지만 빛을 보지 못하고 출판사 창고에 그대로 방치된다.

1874년(20세) 제르맹 누보와 런던에 도착한다. 출판을 위해 깨끗하게 복사한《일뤼미나시옹》을 이때 마련한 것으로 추정하고 있다. 〈도시들 [I]〉, 〈메트로폴리탱〉에 누보가 복사에 참여한 흔적이 드러난다. 이후 힘든 런던 생활을 청산하고 샤를빌로 돌아온다.

1875년(21세) 독일 슈투트가르트에서 막 감옥에서 나온 베를렌을 만난다. 베를렌에게 《일뤼미나시옹》 원고를 건네며 시집 출판을 위해 제르맹 누보에게 원고를 보내달라고 부탁한다. 《일뤼미나시옹》 원고를 베를렌에게 전한 시기와 더불어 작가로서 랭보의 문학적 삶은 더 이어지지 않는다. 한편 베를렌은 제르맹 누보에게 넘긴 《일뤼미나시옹》 원고를 우여곡절 끝에 1877년 무렵 아라스 근처를 지나던 누보에게서 넘겨받았으나, 아내 마틸드와 화해하기 위해 음악가이자 샹송 작곡가인 처남 샤를 드 시브리에게 《일뤼미나시옹》을 작곡하라고 원고를 맡긴다. 하지만 마틸드가 랭보라면 질색을 했기에 오랫동안 드 시브리가 원고를 보관하다가, 1886년 봄 마틸드의 이혼과 재혼으로 분위기가 바뀌자 원고는 르 카르도넬과 루이 피에르의 손을 거쳐 《라 보그》의 귀스타브 칸에게 넘어간다. 전남편의 성을 버린 마틸드는 마지막 복수심에 베를렌에게 넘기지 않는 조건으로 드 시브리에게 랭보의 시를 마음대로 처리하라고 한 것이다.

1876년(22세) 네덜란드 식민지 용병에 자원하여 인도네시아 자바섬에 도착하지만 3주 후 탈영하여 유럽으로 돌아온다.

1877년(23세) 유명한 루아세 서커스단에서 사무원으로 일하며 루아세 서커스단을 따라 스톡홀름, 코펜하겐에 간다. 이후 다시 돌아와 샤를빌에 머문다.

1878년(24세) 베를렌이 샤를 드 시브리에게 《일뤼미나시옹》 원고를 잠시만 읽고 줄 테니 빌려달라면서 처음으로 "일뤼미나시옹 (채색 판화집)"을 언급한다.

1879년(25세) 들라에가 로슈의 농가에서 일하는 랭보에게 여전히 글을 쓰느냐고 묻자, "난 이제 그따위는 생각하지 않아"라고 답한다.

1880년(26세) 키프로스섬에서 영국 총독 관저 건설 현장 감독을 하다가, 아덴의 메종 바르데에서 커피를 선별하고 포장하는 일을 감독한다.

1883년(29세) 베를렌이 잡지 《루테티아》에 '저주받은 시인들'이라는 제목의 시리즈를 통해 랭보를 세상에 처음으로 알린다.

1884년(30세) 아르튀르 랭보의 이름으로 〈오가딘 지역의 보고〉가 지리학회지에 실린다.

1886년(32세) 잡지 《라 보그》에 《일뤼미나시옹》 대부분이 최초로 소개되지만 정작 랭보는 알지 못한다. 이후 잡지 《라 보그》에 《지옥에서 한 철》이 발표되어 문단에서 점차 명성을 얻는다.

1888년(34세) 하라르에서 다른 상인들과 자유롭게 일하며 자기 사업을 시작한다.

1889년(35세) 노새 한 마리와 노예 소년 두 명을 부탁하는 편지를 일그에게 보낸다. 이 편지 때문에 랭보가 노예 상인이었다고 오랫동안 잘못 알려졌지만, 마리오 마투치가 《아비시니아에서 랭보의 마지막 얼굴》이라는 책에서 노예매매의 잘못된 전설을 바로잡는다.

1890년(36세) 하라르에서 계속 사업을 하며 돈을 좇는 실망스럽고 지루한 삶을 산다. 동료들과도 사이가 나빠진다.

1891년(37세) 무릎 병의 악화로 아덴으로 가지만 상태가 위중하여 프랑스 마르세유에서 다리 절단 수술을 받는다(오랫동안 매독으로 알려졌지만, 매독은 아니고 뼈에 발생하는 암인 골육종일 가능성이 크다). 로슈로 돌아와 여동생 이자벨의 극진한 보살핌을 받지만 힘들던 아프리카의 삶을 그리워한다. 여동생의 보살핌에도 병은 계속 악화하고 가망이 없다는 의사의 진단을 받는다. 11월 10일 오전 10시, 37세 나이로 마르세유 병원에서 세상을 뜬다.

그림 출처

본문의 그림은 페르낭 레제가《일뤼미나시옹》을 위해 그린 그림이다. 1949년 Éditions des Gaules(Louis Grosclaude)에서 출판한《일뤼미나시옹》에 랭보의 초상화를 포함하여 15점이 실렸고 1962년 Éditions Mermod에서 출판한《일뤼미나시옹》에 랭보 초상화(본 번역 시집의 표지 이미지로 1949년 판본의 초상화와는 색감이 다르다)를 포함하여 7점이 재수록되었다. 석판화에 채색을 했고 스텐실과 프리핸드 채색을 사용하여 책마다 채색이 조금씩 다르다.

p. 15 Les Illuminations: Après le Déluge | 1949 | Lithograph | 29×24cm

p. 25 Les Illuminations: Parade | 1949 | Lithograph | 28.8×24.1cm

p. 30 Les Illuminations: Vies | 1949 | Lithograph | 31×24.5cm

p. 35 Les Illuminations: Départ | 1949 | Lithograph | 31.1×23cm

p. 38 Les Illuminations: Matinée d'ivresse | 1949 | Lithograph | 26.4×19.2cm

p. 43 Les Illuminations: Phrases | 1949 | Lithograph | 28.2×19.8cm

p. 51 Les Illuminations: Comédie de la soif | 1949 | Lithograph | 28×20.3cm

p. 58 Les Illuminations: Villes [I] | 1949 | Lithograph | 31×24.5cm

p. 67 Les Illuminations: Bonne pensée du matin | 1949 | Lithograph | 25.8×19.5cm

p. 72 Les Illuminations: Est-elle aimée? | 1949 | Lithograph | 27.3×21.4cm

p. 75 Les Illuminations: Métropolitain | 1949 | Lithograph | 27.8×20.5cm

p. 81 Les Illuminations: Patience Bannières de Mai | Lithograph | 29.2×22cm

p. 92 Les Illuminations: H | 1949 | Lithograph | 26.6×20.5cm

p. 98 Les Illuminations: Fairy | 1949 | Lithograph | 31×24.5cm

p. 106 Les Illuminations: Fêtes de la faim | 1949 | Lithograph | 26.8×20.2cm

Les Illuminations: Portrait de Rimbaud | 1949 | Lithograph | 23×17.5cm

La Colombe(S. 115) | 1951 | Lithograph in colors, on Arches paper, with full margins. | 40.6×33cm

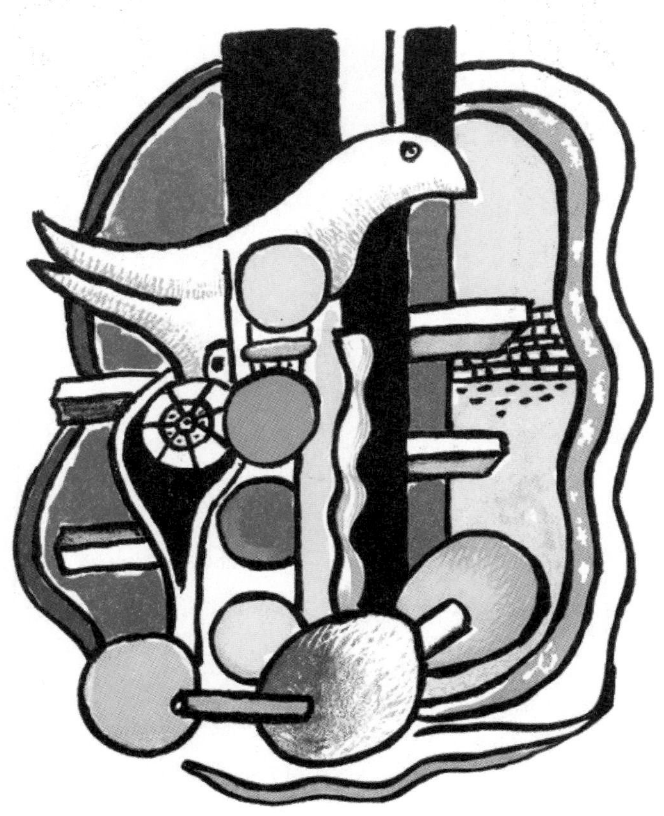

The candlestick with the yellow background | 1950 | Oil on canvas | 50.3×65cm

Deux Femmes | 1950 | Lithograph | 67.3×53.3cm

옮긴이　신옥근

고려대학교 불어불문학과를 졸업하고 동 대학원에서 랭보 연구로 석사 학위를 마친 뒤, 프랑스 파리-소르본 4대학교에서 '랭보의 새벽의 시학'이라는 주제로 박사 학위를 받았다. 현재 공주대학교 불어불문학과 교수로 재직하면서 프랑스 문학과 문화, 퀘벡과 아메리카 프랑코포니 문학 등을 주로 연구하고 있다. 랭보에 관한 다수의 논문을 발표하였다.

일뤼미나시옹
페르낭 레제 에디션

1판 1쇄 발행　2023년 12월 8일

지은이　아르튀르 랭보
그린이　페르낭 레제
옮긴이　신옥근
펴낸곳　(주)문예출판사
펴낸이　전준배

편집　백수미 이효미 박해민　디자인　최혜진
영업·마케팅　하지승　경영관리　강단아 김영순

출판등록　2004.02.12. 제 2013-000360호 (1966.12.2. 제 1-134호)
주소　04001 서울시 마포구 월드컵북로 21
전화　393-5681
팩스　393-5685
홈페이지　www.moonye.com
블로그　blog.naver.com/imoonye
페이스북　www.facebook.com/moonyepublishing
이메일　info@moonye.com
ISBN　978-89-310-2341-1 03860

페르낭 레제
Fernand Léger, 1881~1955

1881년 노르망디의 작은 도시에서 태어났다. 지방의 중등학교를 졸업한 뒤, 건축사무소에서 2년 동안 도제로 일했다. 1903년에 파리의 국립장식미술학교에 입학했고 에콜 데 자르에 들어가지는 못했지만 그곳에서 두 교수의 수업을 청강했다. 1907년 파리의 가을 살롱전에서 열린 폴 세잔의 회고전을 보고 큰 영향을 받는다. 초기에는 인상파와 야수파를 뒤섞은 그림을 그렸지만 이후 새로운 환경의 영향을 받아 화풍이 바뀌었다. 1909년에 그린 〈재봉사〉에서는 색채를 청회색과 황갈색으로 제한하고 인체를 정방형과 원통형 등으로 표현하여 마치 로봇처럼 보이게 했다. 같은 해 〈숲속의 누드〉를 그리기 시작했는데, 인체를 이루는 기하학적 덩어리가 커다란 단편으로 쪼개져 있다. 1913년 좀 더 밝은 색채로 역동적이고 때로는 완전히 추상적인 일련의 그림을 그렸고 이 연작에 '형태의 대비'라는 제목을 붙였다. 제1차 세계대전 때 공병으로 싸우면서 현실 감각과 기계적인 모형에 흥미를 느껴 구상적인 작품을 그리다가 제2차 세계대전 중에 추상적인 드로잉을 선보였다. 매우 절제된 구성에 대담한 색채를 배열하여 위풍당당한 기계의 형태를 표현하는 '기계 미술' 양식을 개발했다. 당시에는 산업혁명 시대에 국한된 화가라는 평가를 받았지만 세상을 떠난 뒤 명성이 더욱 높아지고 있다. 대표작으로 〈결혼식〉, 〈건축공사장 인부들〉, 〈대행진〉 등이 있다.